你
看起来像我
最后一任

贺木兰子 作品

北京联合出版公司
Beijing United Publishing Co.,Ltd.

图书在版编目（CIP）数据

你看起来像我最后一任 / 贺木兰子著. -- 北京 : 北京联合出版公司, 2017.4

ISBN 978-7-5596-0248-0

Ⅰ. ①你… Ⅱ. ①贺… Ⅲ. ①长篇小说－中国－当代 Ⅳ. ① I247.5

中国版本图书馆 CIP 数据核字（2017）第 079727 号

你看起来像我最后一任

作　　者：贺木兰子	选题策划：盛世肯特
出 品 人：唐学雷	出版统筹：柯利明　林苑中
责任编辑：管　文	特约策划：夏　莱
特约校对：邓　峰	装帧设计：仙　境
责任印制：张军伟	封面插画：李树子

北京联合出版公司出版

（北京市西城区德外大街 83 号楼 9 层　100088）

北京彩虹伟业印刷有限公司　　新华书店经销

字数 160 千字　　880 毫米 ×1230 毫米　　1/32　　7.5 印张

2017 年 7 月第 1 版　　2017 年 7 月第 1 次印刷

ISBN 978-7-5596-0248-0

定价：36.00 元

---

contents

目录

01
二手货

每次看到陈真这个娘娘腔开着大红色的两座车来接我的时候，总有种迎亲的感觉。我叫李晓，今年28岁，单身贵族，外表美少女，内心萌汉子。虽说身在体制外，却总有一颗报国心。作为普通工薪阶层的第二代产品，我身上肩负着振兴家族和光耀门楣的使命，就像流水线上统一规格的第二代新品手机，总得尺寸更大一点儿，分辨率更高一点儿，CPU更快一点儿，评测总分更高一点儿。

幼儿园被要求得拿大红花，不然在澡盆里洗澡就不能玩小黄鸭。小学被要求得双百分，差一分也不行，不然回家就得面对男女混合双打。中学被要求德智体美劳全面发展，要有莫扎特的情怀、华罗庚的天赋，能像阿基米德一样给我个支点就能撬起整个地球，能跳奥林匹克体操，并且还要将中华民族传统美德发扬光大。可我，在祖国的悉心栽培下，在老师的谆谆教诲下，在父母的殷殷期盼下，有辱使命。从中学开始，我辜负了所有人对我的期望，开始对数理化形形色色的符号傻傻分不清楚，后来只好去了个三流的大学念了个不知所云的专业拿了个三流的文凭。当我想要探求爱情的真谛决定对两性艺术付出实践时，我大学毕业了。我开始找工作并惶惶不可终日，还没有工作就感觉要失业。当我妈到处托大爷大叔大婶给我介绍男朋友，生怕别人不知道她有个闺女快三十岁还没人要时，我猛然间发现我曾经谈过的恋爱全被我妈棒打鸳鸯死于非命。

我每天下班后的第一件事情就是坐在瑜伽球上做瘦身运动，并翻阅瘦骨嶙峋的美女杂志来激发斗志。在这个看脸的时代，没有哪个男人会爱上一个体重超过三位数的女人。虽然他们总喜欢信誓旦旦地说结婚的对象不能太瘦，不然会影响他们第二代产品的开发。其实他们总喜欢表面上伪装成一副道貌岸然为人师表的样子，私底下却戴着墨镜四处打探衣物覆盖面积不足20%、身材凹凸有致的年轻女人，并对一直守护在他们身边遵从三从四德安心相夫教子的黄脸婆表现得极为不耐烦。

陈真，我的多年备胎兼预备男友。他身高180厘米，体重64公斤，职业化妆师兼搭配师。我得恭喜他前阵子荣升为视觉总监，经常飞往纽约洛杉矶。他有着西方人的高颧骨，脸部线条棱角分明，尤其是笑起来的样子，像个十足的sunshine boy。他细心体贴，每个月那几天会给我泡红糖水。他有爱心，养了一缸金鱼整天担心它们会不会寂寞。他会做饭，无论是中餐还是法国菜都样样拿手。黑色是他穿衣的主打色，他说那是对华丽妩媚、温柔浪漫的颠覆，是血液里注入的炫酷与性感。他讲话的声音很感性，听上去像在讲情话。他形容自己是暖男，但我们私底下都亲切地叫他娘娘腔，虽然他的名字听上去很man。

在这个宣告主权的时代，我的体重意味着我的尖端品位，个人风格，美学姿态。我要高贵典雅，让那些物质基础跟不上时代却以为自己是潜力股的男人对我望而生畏。我要优雅浪漫，让那些暴发户或暴发户第二代对我倾慕并垂涎不已。我要内涵气质，让那些自以为是的文艺青年被我的才情震碎眼镜，拜倒在我Oscar de la Renta晚礼裙下。所以，我的生活与胸部尺寸、腰部线条，微笑露几颗牙齿，日食多少卡路里，每周翻几本书紧密联系起来。

当然，为了让自己更具古典主义与浪漫主义气质，我报了一个古筝学习班，由于每天晚上制造刺耳的噪音，后来不得不在邻居的投诉声中偃旗息鼓。我偶尔还会练习书法或者找人对弈，但兴致就像流星雨，来得快去得也快。随着生活方式的更替，我也越来越习惯于隐身在屏幕键盘的背后，做个网络隐居人。

我还在变换瑜伽姿势，陈真操着家伙火急火燎地冲进我家，用他那纤纤玉指戳着我的胸口："我的大小姐，你怎么还有这个闲情雅致？"

"要么瘦，要么死。"这是我的人生格言，我原封不动地送给陈真。

"今天那些广告片要重拍，今天拍不完，咱俩都得死。"

"又要重拍？那大胡子老头不是说要高端大气优雅女人有品位吗？"

"可人家又要求，简约中要有精致细腻，绚丽中不失大气时尚，要呈现百变女王的气场。"

自从那个大胡子老头成了我们公司的客户后，我就陷入了万劫不复的境地。他要求高端大气上档次，低调奢华有内涵，简约时尚国际范，冷艳高贵接地气，奔放洋气有深度，时尚靓丽小清新……

还有，logo一定要够大，大到隔好几条街都能看见。

陈真白了我一眼，为了这个案子我们已经连续加班了好几天，我知道这都是我闯出来的祸。陈真二话不说，拉着我迅速跳到车里，一脚踩着油门，车子“轰”地飞了出去，差点撞飞旁边的垃圾处理箱。他习惯性地用右手触摸我的安全带扣，确定我已系好安全带，才放心地把手挪回方向盘。

那个大胡子老头自从第一次见我以后就心怀鬼胎，三番五次想诱惑我卖身求荣。他看起来仪表堂堂却满脑肥肠，30多岁的年龄却长着一副50多岁的皮囊。他说他喜欢打高尔夫，闲来无事喜欢喝美式咖啡，说自己精通四书五经，对儒家的中庸之道大有研究，跟我刚好兴趣相投天生一对。晚上他还给我发来问候短信，亲切地叫我晓宝，说我天生丽质才貌双全，说我香气袭人，他春宵难入梦，问我他该如何是好？我不由得打了个冷战，想起他那犹如十月怀胎的大肚腩和金丝边小眼镜，燃点极低且正在沸腾的荷尔蒙。我小心翼翼谢过他的谬赞，说时间不早了祝他好人好梦就再不作答。他明明是司马昭，但我装作对他的心意并不明了。

我还记得，几年前曾有一个不知深浅的男人觊觎我的美貌，在约我吃了两顿麻辣火锅，看了一场票房不高的电影，送了一束萎靡不振的红玫瑰花，写了封错字连篇的情书之后就对我真情告白。在我委婉拒绝之后，他顿时觉得这世上已经没有好女孩了。

“我原以为你是一个敢爱敢恨的女孩，是这个物质糜烂的世界里的一朵青莲，什么市中心的二室一厅，什么家用代步车，什么年薪多少万在你眼中都不值一提，没想到我还是高看你了，你也只不过是个庸俗市侩的拜金女！”他在电话那边对我接近歇斯底里地咆哮。还没等我反应过来，他继续补充道：“你不就是嫌我穷吗？我要是有钱，你早就扑过来了！你这个恶心的拜金女，只会看钱看外表，一点儿都不会看内在！”

“那你跟我说说，你有什么内在？你小学五年级拿过奥数一等奖？靠拿奖学金完成哈佛学业？最近一项发明即将获得专利？下个诺贝尔奖你有望获得提名？好吧，对你来说这些都太难了，那来点简单的内在吧。你献过血吗？汶川地震的时候当过志愿者吗？每周都去做义工照顾孤寡老人吗？拾金不昧过吗？见义勇为过吗？公交车上看见占女孩便宜的色狼勇于揭发吗？和持刀抢劫的匪徒搏斗过吗？不拍领导马屁吗？做完好事都不留名吗？从来不求人办事不走后门不送礼吗？琴棋书画诗词歌赋你都会吗？地铁上吃过韭菜包子没有？扶过跌倒的老人没有？骂过‘三字经’没有？公共场合抽过烟没有？随地扔过垃圾没有？你跟我说说，你究竟有什么内在？”他安静地挂掉电话，从此再也没有打扰我的生活。

作为一个反物质主义有波西米亚情怀的小布尔乔亚，我既不乖巧也不乖张，既不奶茶也不绿茶婊。陈真，我的男闺蜜，他既能当我的男友，又能当我的战友，俗称备胎。他可以忍受我失恋后对男人的大肆批判，然后为我树立下一个目标而制订作战计划。他可以对我看不顺眼的人、事、物表示严厉的批判，对我喜欢的事物表示高度赞赏。他也是我的暧昧对象，至少在公司里他是我的公认男朋友。虽然我们已经否认过很多次，逢人就说我们只是好朋友，但并不妨碍他们认为我俩明目张胆地搞地下恋情。陈真会在我得阑尾炎的时候陪我住院，会在我加班累得睡着的时候抱我到沙发上睡觉，会来我家替我清理堆了几天的泡面垃圾，还帮我洗掉被例假弄脏的床单。最可恶的是，他居然在我发高烧的时候，趁机吻了我。

陈真不止一次地向我表白：“李晓，你就嫁给我吧，求求你嫁给我吧！”他每次表白的样子一点儿都不浪漫，反倒让人恨不得扇他几个大耳刮子。

我觉得求婚是一件很神圣的事情，至少要有999朵白玫瑰，土耳其的热气球，苍山洱海的画面，这样才算认真。每次我总是使出我的撒手锏：“你的前妻是二手的，车子是二手的，房子是二手的，凭什么让我捡你这个二手货？”

“我掐指一算，你迟早得嫁给我的，从我认识你的第一个月我就跟你说过了，劝你还是听从上天的安排！”陈真一脸得意。

我是24岁大学毕业那年认识陈真这个人渣的，迄今已有四年时光，自从他向我表明心迹以后，就每天盘算着如何降服我这个妖孽。

对于陈真而言，我的确是个妖孽，他和前妻的婚姻走到崩溃的边缘时，我出现了。因此他总是笑言他是为了我才离的婚，怎么的我也该对他以身相许。我只是个无辜的路人甲，却被他故意安上拆散人家圆满婚姻的无耻第三者头衔。我陪他度过了漫长的失婚时光，但却没有接受他彻底走进我的世界。很久以后，我和他约定，假如我到30岁还没遇见我的真命天子，我就凑合着跟了他这个二手货，今生今世都会对他不离不弃。

陈真认定我30岁嫁不掉，因为我今年已经28岁了，他无非就是再等我两年而已。当身边一封封的结婚请帖接踵而至，翻开手机每天都是朋友们更新的宝宝吃喝拉撒睡，我竟然莫名其妙有些焦虑，我开始怀疑人生，我是不是也该找个男人结婚生子了？每次面对陈真那张皮笑肉不笑的脸，以及那种胜券在握胸有成竹的表情，我忍不住埋怨，命运之神什么时候才能安排个骑白马的王子将我带走?

其实我不是没考虑过和他结婚，他是个外表时尚内心稳重，有涵养有道德的有为中年，跟他结婚我不必再忍受七姑八姨催婚的唾沫星子。但我对他的感觉除了那种温暖的熟悉以外，还处于友情之上恋人未满的状态。而且，我心里一直有个疙瘩，他离过婚。他跟别的女人曾经交换过戒指，曾经在教堂里立过誓约，一起领过红本本，一起被所有的亲朋好友祝福过。而我呢？我只能去承袭他为他前妻立下的誓言，而那誓言如今已变成一纸空文。

广告片是在我的哈欠连连中结束的，我靠在他的肩膀上快睡着了。待摄影师说完finish，所有人都欢欣雀跃。模特一个个换衣服离开，摄影师也收拾器材准备走人。陈真用Jo Malone Red Rose香水把我呛醒。

“晓儿，收工了。”

我又打了个大大的哈欠，伸了伸懒腰，从那把欧式铁椅上站起来：“可算是结束了，困死我了。”

待影棚只剩下我俩的时候，陈真一边收拾他的化妆箱，一边不怀好意地问我：“你说今晚我们是选择在香榭大道的某个酒店里喝着香槟品味路易十四的温度呢，还是选择在波西米亚的海边吹着海风诉说爱琴海的故事呢？”

“吃海鲜大排档。”说完，我狠狠地拍了拍他的脑袋，“吃完早点回家洗洗睡吧。”

他一边提着化妆箱，一边对我扬扬眉：“你不觉得我们需要换个地方感受浴室里留下的香味，然后换种角度去看挂着施华洛世奇的水晶灯相拥入眠？”

“跟你啊？”我没好气地问。

他也不含糊，赶忙点点头。

“待我30岁还未出嫁再说吧！”我扬长而去。

“你就这么跟我较真儿吧，反正这是迟早的事。我们是命中注定，天作之合。”他拎着两个化妆箱，急急跟了上来。

02
危险信号

这世界，太多的浮华让我们忘了自己是谁。太多的追求，让我们忘了自己的初衷。太多的诱惑，让我们失去最初的梦想。卸下一身的名牌，撕掉贴在身上的漂亮标签，才发现自己什么都不是。

我是在深受琼瑶剧熏陶整天幻想《蓝色生死恋》的桥段中成长起来的大龄少女，我的人生是不是具有巴洛克式的奢华，价值观有没有名牌来武装，尊严有没有大把钞票来堆砌，头上是不是顶着一长串念不通的头衔，身上有没有镀着24K纯金，仿佛并没有想象中的那么重要。我要的只是一份长治久安轰轰烈烈荡气回肠撕心裂肺的爱情。

陈真追求我的方式就是死皮赖脸死乞白赖死缠烂打。大半夜赖在我家楼下对我唱情歌，经常吵醒邻居的阿拉斯加。七夕送我百合，情人节送我玫瑰，他连清明节也不放过，送我一大束菊花，只差没把我的两寸证件照放大挂在墙上每日三炷香。他知道我不吃这套以后就开始贿赂我爸妈，逢年过节来个节日的问候和衷心的感谢，外送一堆叫不出名的补品。叫伯父伯母比叫自己爹妈还亲，不知道的人还以为他是我失散多年的哥哥。可他如意算盘又打错了，我妈老谋深算，哪有这么好糊弄，一边客气地跟陈真说有空常来玩，一边又悄悄叮嘱我，离这个娘娘腔远一点儿，不要每次都往家里带，让邻居们看到影响姑娘家的声誉。

我妈就这么个人，一副死要面子的传统大妈形象。她动不动就拿传统说事，张口闭口就是我们家是书香门第，你找的对象怎么着也得是个大学老师或者政府公务员，实在不行找个外科医生也行。我祖上不是名门望族，也不指望我来光宗耀祖，但我找男人的标准却早早就被定了下来。

有时候我喜欢跟她对着干，我跟她说："我要是哪天找回来一个老外，你不得把我赶出去？"我妈笑了，咧着嘴说："你要真找一老外回来，咱们家就叫中西合璧，与国际接轨。"我特受不了她那逻辑，这是哪门子的传统思想，简直一副崇洋媚外的嘴脸。我妈年轻的时候是个舞蹈老师，总觉得自己能歌善舞出类拔萃与众不同，一副自视清高的模样。她从小到大衣食无忧日子殷实，也曾当过20多年的掌上明珠，从而也造就了她自以为血液里流淌着贵族的血统，有事没事就调侃下我那不争气的爹，嫌他这个教书先生脑子木讷，挣的钱赶不上隔壁老王。我有时候经常怀疑我到底是不是她亲生的，因为我俩永远不能站在一条水平线上。关于这点，我自认为像我爸，正直，勇敢，坚毅。

我妈并不喜欢陈真，用她的话来说，我嫁得好不好，直接关系到整个家族的面子问题。我妈喜欢做别人眼中的标榜，哪怕自己痛不欲生，也得在人前高贵优雅。她觉得我没有考过托福给她丢脸了，我没有如她所愿考上公务员又给她丢脸了。我甚至连师范都没有考上，我又给她丢脸了。如果我再找不到一个她认为优秀的男人嫁了，我简直就是把她的脸给丢尽了。为此，她经常觉得很悲哀，时不时提醒我：你远房的表哥留学回来了，带回来的女朋友是个富二代；你的某个小学同学嫁给了公务员，每天吃香的喝辣的；还有那谁谁谁家的儿子，跟某个小明星在一起都上电视了……诸如此类。

如果我非要跟她叫板是我的幸福重要还是她的面子重要，她总能很巧妙地跟我分析利弊："你觉得你打着爱情的名义，嫁给一个月薪七八千，供不起房，养不起车，父母还没有养老保险，小孩户口落在哪儿都不知道的穷小子就幸福了吗？我告诉你，爱情会随着他买不起你喜欢的衣服，你们以后上班要坐两小时的公交车，小孩上不起好的学校，他们家的穷亲戚来向你们借钱，结婚蜜月旅行去不了美国意大利而消磨得干干净净。"

我理直气壮地说："陈真他有房也有车，虽说都是二手的，但他年薪还过得去。他买得起我喜欢的衣服，请得起我喜欢的海鲜自助餐。将来小孩可以念托福，蜜月欧洲十日游也能顺道把你带上。"

"他讲话娘娘腔，谁知道他性取向正不正常？"

"他要是不正常怎么会结过婚，而现在又怎么会来追求我？"

"可是他还是离婚了！我的女儿不能嫁给一个离过婚的男人。"

"离过婚怕什么？你真当一纸婚书就是通往幸福的车票？当他发现上错车了就赶紧下来，说明他没有被世俗冲昏头脑。"

“那你凭什么又觉得他这次就上对了你这趟车呢？他结婚多年也没有小孩，谁知道他有没有不可告人的隐疾。”

“他要真有小孩，你又该说我连小孩都没生过，就可怜当了后妈。这年头，后妈难当。”

“你知道就好，还有就是他比你大了足足十岁，当他变成老头了，你还那么年轻。”

“这年头姐弟恋同性恋什么恋没有，相差个十岁算个屁啊。”

“李晓，别以为我老眼昏花看不出来，那娘娘腔就是你在茫茫宇宙中找的千年备胎。”

摊上个逻辑能力辩证能力比自己强大百倍的妈，而且她的主观意识一直凌驾于我之上，我失去了自主选择的权利。所谓的自由主义，在我这里简直就是个笑话。

我妈这话算是彻底戳中了我的死穴。的确，我和陈真似爱非爱，似暧昧非暧昧，我们是以何种关系在相处，是介于爱情与友情之间的界限吗？姜，终究还是老的辣。我和他，就是被理直气壮称之为备胎的那种关系。

每次陈真从我家蹭完饭陪我在小区楼下散步的时候，总是一副神气活现的大尾巴狼的德行，以为我妈早就把他纳为准女婿，没事就开玩笑地说：“早知道在我们洛杉矶，给咱妈多捎点好东西，我们那边的东西比国内便宜多了。”

我立马做出打住的手势：“第一，是我妈，别用‘咱妈’这词；第二，能别老提你在美国那点事吗，拿着地图，操着中式英语，吃着中餐饭，不知所云地过了一阵子，真拿自己当美国人了。”

“我这不是口误嘛，瞧你，就爱跟我较真儿。你别说，我还就喜欢你跟我较真儿。”他扬着眉觍着脸过来，我丢他一记大大的白眼。

从我们身边擦肩过了一辆漂亮的跑车，我一边看坐在跑车里的帅哥，一边摇头叹息：“唉，什么时候我也能开上这车就好了。”

陈真立马把我的脑袋转过来禁锢在他面前：“开那种浮夸的车有什么好羡慕的。”

“我觉得我与其坐在二手宝马车里哭，还不如坐在永久牌自行车上笑呢。”

“怎么会哭呢？以后我还得让你坐在法拉利里笑呢。”

我心里想着，你那法拉利估计不知道经过了多少手。

有时候，我看着陈真天真的眼神，有种说不出来的忧伤。特别是他迁就我的一切，让我忍不住想给他发一千张好人牌。

不过，他对我再好，也不可能是像校园爱情似的唯美纯真，他终究是个有正常欲望的世俗男人。他经常游走在百花丛中，谁知道他有没有背着我干过不可告人的勾当。况且他招了两个漂亮的女助理，其中那个身材最好长得还有点漂亮的助理叫Bella，从英国留学回来，英语八级。更让我无法忍受的是，这个Bella特别喜欢午夜给陈真发问候短信。有次趁陈真上洗手间的工夫，我瞟了眼他们的短信，无非就是回国之后倒时差，工作上的种种不适应导致失眠。我就不明白了，她从英国回来都快一年了，有倒这么久时差的吗？而且看着挺正经的姑娘，干吗每天大晚上去骚扰引诱一个空虚寂寞而且心有所属的老男人。

就算陈真再对我情有独钟，可谁又能保证他一定能抵得住诱惑。我每天看着Bella这个危险品在我面前，扭着小蛮腰，咬着烈焰红唇，朝他抛媚眼我就恨得牙疼。陈真倒也不含糊，一一笑纳，两人有说有笑，时不时互动，全当我是透明体。如果她是燃点极低的干柴，陈真就是饥渴的打火石。而我，就是横在他们之间愤怒而冰冷的消防栓。

我知道陈真打的是什么小盘算，无非想让我赶紧束手就擒，他这棵大树有的是小鸟来安家落户。于是我经常睁一只眼闭一只眼地看着。或许就像书里说的那样，真正爱你的人是不会以任何理由和名义来伤害你的，因为他知道你会难过。我一次又一次容忍陈真与Bella在我面前公开调情，现在想来，我的心可真宽。

我记忆犹新的是有次我们赶工到凌晨，陈真开车把我送到小区楼下。等我正准备下车的时候，他突然抓着我的手对我吟诗："我们之间就像刚刚穿过了撒哈拉沙漠，亟待需要找到一片绿洲。我刚又掐指一算……"

不等他吟完诗，我只是淡淡地说了句："哥们儿，早点回去洗洗睡吧！"

可就在这个时候，陈真的手机响起来。我听见那个熟悉而刺耳的撒娇声，又是Bella。她偏爱阴魂不散地缠着他，尤其在午夜，而我原本没心没肺的世界很快引发了一场猛烈的火灾，恨不得把她对他的一点点幻想烧得干干净净寸草不生。

陈真似乎看出了我的不悦，尽管我把自己掩饰得很好。他当着我的面挂完她的电话，挺正人君子地对我说："算了，我还是陪你上去吧！"他替我松开安全带，在我额头上吻了下。

可我知道，这年头，男人只有伪君子与真小人之分。

“别啊，陪你的漂亮助理去。没有你枕边的问候，她失眠倒时差可以倒个十年八年的。”

“咦，怎么闻到一股酸溜溜的味儿？”陈真咧着嘴笑起来。

“没什么，只是我妈给我介绍了一个律师，整体条件都还不错。”我语气里流露出几分神气。

陈真一下子急了：“怎么可能？你不是都有我了吗？咱妈怎么可能会给你介绍对象，况且我的条件也不差啊。”

“别一口一个‘咱妈咱妈’，那是我妈。那律师长得挺不错，而且也挺有教养的。尤其是他开的那车吧，我喜欢。”

“不是吧李晓，你什么时候变得这么庸俗了。告诉我那小子开的什么车，明天我带几块板砖把它给砸了。”

“真看不出来啊，你什么时候变得这么man了。”我故意上下打量了他一番，做出一副鄙夷的模样。

“这是职业需要好不好。你见过哪个化妆师搭配师穿得跟卖保险或者二手车中介似的。”陈真白了我一眼。

“但你还真别说，我妈就喜欢那一款的，西装领带配皮鞋，再配一朵花直接可以当新郎官的打扮。”我趴在他肩头哈哈大笑。

“行啊，没问题，丈母娘喜欢女婿穿西装打领带是吧，下次去咱妈那儿，我绝对穿得跟新郎官似的。”陈真一下子恍然大悟。

“得了吧你。时间不早了，我先上楼了，你也早点回去，路上小心。”我准备开车门。

陈真一把拦着我，嬉皮笑脸又带着几分哀求：“这么晚了，求求你就收留我一晚上吧！”

“哪儿凉快哪儿待着。”我摇了摇头。

“行吧，反正我就是你二十四小时随时待命的小奴才，呼之即来，挥之即去。”

“好咧，实在孤单寂寞了去安慰下你还在倒时差的漂亮助理。”我临走的时候抛下这么一句话，觉得自己嘴真贱。

陈真没理我，一脚油门轰出了老远。

03
是药是毒

对于女人来说，男人大概可以分为三种：普通药、维他命、毒药。

第一种是普通药。在你伤风感冒头疼脑热的时候，他给你送温暖；在你胃里空荡荡或者想吃东西的时候，他能陪你吃饭。可是，他不能温暖你整个生命，也不可能陪你吃一辈子的饭。

第二种是维他命。他健康正气，纯天然萃取，让你的生活充满阳光，补充身体的能量；失去他，你一下子变得免疫力低下，整个人像枯萎的花，但并不致死。

第三种是毒药。他令你沉迷，上瘾，非要不可，仿佛就像毒品，没了他，你会疯掉。你明知他是毒，还是心甘情愿服毒，直到肝肠寸断。

显然，就像罗兰说的，对我来说，陈真好像是维他命又好像是毒药，我只是习惯了感冒的时候吃药，胃空的时候吃饭，只是一种习惯，然后上瘾，仿佛只有吃了这剂药我的身体才能好转。不过很显然，他给我带来的好处远远大于他的副作用。

罗兰，我从小的夙敌，和我一起长大。小时候念同一所小学比双百，后来比谁能考入重点中学，再后来我们比证书。工作之后，我们比谁的职业更体面，谁的收入更丰厚，谁交的男朋友更有前途。我们俩从小被“比”着长大，在竞争中成长。我们将彼此设定为鞭策自己成功的参照物，也成为彼此最讨厌的那个人——别人家的孩子。我记得小时候有一次去罗兰家玩，正撞见罗兰她妈朝她吼：“你看看隔壁李老师家的李晓，学习多认真，这次又考进了全年级前十名。你再看看你，人家李晓随便就甩你好几条街。同样都是老师，怎么教出来的孩子差距就这么大，你就不能替我在学校里争口气啊？”我忘不了罗兰当时看我的眼神，满眼的愤恨几乎想把我千刀万剐。至今回想起她那眼神，我都毛骨悚然。罗兰是在她妈的唠叨中成长起来的，而且罗兰这人自尊心比谁都强。我记得只要哪次我又成为她妈嘴里唠叨的对象，罗兰绝对好长一阵子不搭理我，她忙着奋发图强刻苦钻研，直到她胜出为止。

翌日，我哈欠连天地拎着包坐到办公室里。罗兰兴致勃勃地拿来寿司菜单约我下班以后一块儿吃寿司，我想也没想就答应了。没过一会儿，陈真打来电话问我晚上要不要一块儿吃牛排，我说我已经有约了，便把他的电话给挂了。

“你们的事是不是也该办了？”罗兰扯了扯我的袖子。

“办什么事？”我摸不着头脑。

“男大当婚，女大当嫁。不然你还想拖到什么时候？”

“我又没说我要嫁给他。”

“拜托，大姐，你马上就30岁了，你的脸蛋看起来已经不像18岁的少女，而你的心态也不再拥有18岁的纯净。时间很残酷，它会逼迫你向全世界的男人宣告，你是大龄老处女，你没有太多可选择的对象，你甚至还没有生过小孩就要尝试怎么去做一个合格的后妈。年纪越大，你的选择权就越小。除非你愿意包养一个20岁出头一无所成还花着你的辛苦费到处泡妞的小白脸。”

“情况哪儿有你说的这么糟，我才28岁而已，我才不要当什么后妈，我现在连离过婚的二手男人都不想要。我有选择权，一直都有。”我把椅子搬到合适的位置，坐了下来。

“明明是28岁的大龄剩女，却装得跟18岁的清纯少女似的，还拉着奔四的老男人整天上演青春剧。音乐整天听的不是*The Sounds of Slience*就是《同桌的你》。妞，我们真的不年轻了，我们得向生活妥协，不管我们曾经拥有怎样摇滚热血的青春。”

手机响了，我妈来电话，督促我今天晚上必须回家吃饭。

挂完我妈的电话，我有些忧伤，离家太近就会失去自由。好不容易自己租了个房子，还要随时面对父母的查岗，看看里面是否有男人的底裤。

我朝罗兰耸了耸肩，歉意我晚上要失约了。

罗兰显然有些失望：“你刚才不是说你有选择权吗，你的选择权现在到哪儿去了？”

“我的选择权只限于对男人的选择！”

罗兰朝我笑笑：“我觉得自从我长大以后，我妈可比你妈通情达理多了。”

这真是个拼爹比妈的年代啊。

下班后，我疯狂地奔向528路公交车，在经历了一个多小时的集散打、柔道、瑜伽、平衡木于一体的大型综合运动之后，我总算是到家了。刚走到小区门口，前面迎来一个穿得跟推销保险似的男人，油头粉面，西装领带皮鞋全齐了。待我走近一看，怎么是这个人渣？陈真笑得跟朵花儿似的迎了上来："咱妈让我来接你。"听这语气不经意间还露出几分得意。

我上上下下打量了他一番，扯了扯他的领带："还真穿得跟二手房中介似的。"

"什么二手房中介？我是那么没品位的人吗？一件衬衣，如果面料采用的是140支埃及棉，领子采用的是亚麻上浆，扣子用的是厚度超过5毫米的贝母扣，剪裁上符合法式暗门襟、高领叠袖等要求，那么不管它是大品牌、小品牌，或者没品牌，都可以归入奢侈品行列。比如说我身上穿的这件。而如果只是单纯的售价高昂，其面料、剪裁、工艺均达不到应有的高度，那也就是暴发户装装样子而已。"

"你的意思就是你有内涵了？"

"必须呀，咱爸咱妈可都是文化人，再遇上我这么个有内涵的女婿，你说这不皆大欢喜吗？你再仔细瞧瞧这服装面料，这版型，这前襟比例，这领带的质量，这贝母扣，是不是有种国际范的感觉？"

我仔细端详着他，还真有几分Dior Homme的风格呢。但我总忍不住打击他："你能别这么往自己脸上洒金粉吗？"

"嗯，我们家李晓教导得极是，我走的是低调奢华有内涵路线。"

陈真陪我进了家门，我爸我妈已经把饭菜端上桌。我妈忙着招呼陈真："来，快坐下吃饭，知道你来啊，李晓他爸又多做了两个菜。"

我看我妈这语气，看来陈真已经将我爸妈的任督二脉打通了，全家上下呈现一片喜庆祥和的气氛。我爸平日话不多，今天也开金口让他多吃点。

我一下子感觉自己被整个世界孤立起来，陈真打入了我的总部中心，赢得了我父母的欢心。而我作为亲生女儿却遭受他们的冷遇。我直直地坐在餐桌旁边，恶狠狠地看着陈真一脸欢欣雀跃的德行，还有我妈那一副恨不得拿他当成儿子心疼的模样。

我爸也不知道从哪个床底下翻出一瓶红酒，我怎么看都像超市里快过期的食品大促销的样儿。陈真这回装得跟孙子似的，一副良好市民的形象摆摆手，可我怎么记得他的爱好就是抽烟喝酒热爱性生活呢。我还记得有个情人节的夜晚，他送我的礼物不是鲜花巧克力，而是陪我看《罗马帝国艳情史》，还送我一件情趣内衣。

陈真赶紧向我投来一记求情的目光，我也就不揭穿这只大尾巴狼了。

"那伯父伯母，去苏州这事？"

"就这么定了。"我妈拍板。

被蒙在鼓里的我还傻乎乎地问了句："苏州什么事啊？"

"你不是成天嚷嚷着要出去旅行吗？什么灵魂要奔跑在路上吗？陈真说你最近心情不太好，想带你去苏州玩几天。这孩子多懂事，还专门来征求我们的意见。"我妈也不知道从哪儿涌上来的丈母娘的优越感，一副很放心把我的终身托付给他似的模样。或者我妈只是中国传统老太太中的一员，嫌我年纪太大，再嫁不出去就是滞销的萝卜，该引发街坊邻居小范围的议论和指点了。所以，她总想赶快把我推销出去。

“可我什么时候说要去苏州了？”

“你这孩子可别这么不懂事，一个周末你还想去哪儿玩？飞美国你还得倒时差不是？”我妈白了我一眼。

得，这事儿就这么定下来了，我的巴黎梦、欧洲十日游、莫斯科避暑、北极光旅行都是骗人的，我的灵魂仅限于游走于江浙沪。

周六的早上阳光明媚，空气里流淌着紫荆花的暗香，小鸟的鸣叫给原有的宁静增添了几分爽朗和喜悦。我家住在六楼，阳台上时不时能飘进来几片香樟叶和玉兰花瓣。我喜爱这样的清晨，每天早晨醒来，我都会坐在阳台的摇椅上，闻着清新的空气，或端一本书或看一会儿风景。

一抹如血色般的鲜红从我眼帘越过，陈真的车子已经到达我楼下。我时常想象会不会真有那么一天，我穿着白色礼服坐着他的车，放他真正走进我的世界。

给陈真开门的时候，我正在刷牙，他体贴地带来了我爱吃的三明治和奶茶。然后，他不怀好意地朝我抛了个媚眼，朝我伸出邪恶的双手，从后面紧紧地抱着我：“我们家李晓连刷牙的姿势都这么优雅……”

我提起脚，用力往后一踹。只听见他“啊”地惨叫一声，悻悻地逃到我房间去了。等我刷完牙回到房间的时候，床已经被他收拾得干干净净。床头柜上原本横七竖八躺着的米兰·昆德拉和大卫·

布鲁克斯也都统统回到了书架上。

一阵感动后，我依旧坚守着自己的底线。

“你别以为把我爸妈拿下就万事俱备了，我可从来没说过要跟你在同一本户口本上。”

陈真替我把花浇上水，说：“你不用跟我这么客气，我家那户口本加上你的名字也不嫌多。”

“谢谢啊，真不是客气。”我背过身子翻了翻衣柜，准备将黑色小衬衫搭配巴洛克式的碎花裙，礼帽和复古眼镜是必备，虽然这身装扮太适合一双精致的罗马高跟鞋了，但由于今天要出游，我还是换上了裸色镂空平底鞋。我故意把上衣的衬衫扣子扣得有点低，换好衣服后站在陈真面前接受他的评分。毕竟在塑造个人形象方面，他是专家。

“胸那么平就别学人家欧美辣妹的豪放。”没想到他立马帮我把扣子扣上。

“找你那个漂亮的胸部尺寸丰满的女助理陪你去苏州旅行去吧。”我气得直跺脚。

“别啊。不管你是胸有沟壑还是一马平川，我都要死皮赖脸地跟你在一块儿策马奔腾。”他继续耍贫。

“我说娘娘腔，你乱飙成语的时候能不能顾及一下我的感受？”我恶狠狠地盯着他，一字一句地说。

罗兰说，我和陈真就像两个孩子，一把年纪却没个正形，整天玩的游戏不是躲猫猫就是过家家。两人没事还喜欢斗嘴，三天一小吵五天一大吵，通常光打雷不下雨。每次我都扬言说老娘这辈子跟你恩断义绝，你赶紧收拾东西滚出我家。娘娘腔还真火速地打了个包，提着行李箱气呼呼地冲出家门，发誓这辈子要跟我划清界限。但他刚走到楼下就两腿发软胸闷气短，他还没来得及面壁思过反省人生，就赖在小区楼下对着我的窗户高唱《思念是一种病》。

04
我们的依靠

我们驾着车沿着高速公路一路狂奔，阳光晃得眼睛快要睁不开。我打开窗户，但风太大，把我梳得整齐的头发一下子吹得格外凌乱，无奈只好重新把它关上。陈真似乎看出我有些无聊，遂打开车里的收音机，我听着舒缓的音乐，春光灿烂真像一场梦。

不知什么时候，我睡着了，等我醒来，车子已经在酒店门口的停车场。我身上披着他的牛仔外套，上面还有一股Gucci男士香水的味道。我曾经有一次因为他身上的香水过敏，后来跟他偶然间提起我倾向于这款香水的味道，没想到他第二天就换成这款香水，一直用到今天。现在闻起来，似乎有几分初恋的青涩，甜甜的，酸酸的。

陈真从酒店大堂朝我奔了过来，手里攥着刚办好的入住手续。他笑着对我说：“晓儿，睡醒了，咱们去看看酒店怎么样？”

我点点头，从车里跳了下来，伸了个长长的懒腰，阳光明媚，晒得人还有点刺痛。待陈真从后备箱里取出我们的行李，我们一块儿朝酒店电梯方向走去。

“你开了几个房间？”

“废话，当然一个。你说在这人地生疏举目无亲的地方，我怎么放心让你一个人睡在陌生的房间里，旁边必须得有我保护你，我就是你的守护天使。”他放下行李，伸开双手做出一副天使飞翔的模样。

我怎么看都像是把狼招来了，我的手几乎就要捏到他的耳朵时，他求饶道：“你是我的女神，像我这种六根不净的人怎么敢亵渎你呢？”

电梯门开了，我拿着房卡径直走进房间，陈真拎着行李也探头探脑地跟了进来。他把行李放在沙发上，转头含情脉脉地对我说：“你觉不觉得今天的阳光有点多，温度有点高，裤带有点紧……你觉不觉得你的身体像个长期不保养的钢琴，需要得到一场海上钢琴师的指引……你觉不觉得你身体的每个细胞都很饥渴，需要一场雨露来滋养开出美丽的沙漠之花……”

我拿起拖鞋朝他飞了过去：“限你两秒钟给我消失，记得把房门带上。”

他诺诺地帮我捡回拖鞋，笑嘻嘻地对我说：“我家晓儿现在越来越霸气了，我就是喜欢你这种霸气十足的女王范儿，以后我就不用担心你随随便便就被哪个男人拐跑了。”

我抓起枕头，一副准备随时开战的彪悍样：“你还不走是不是？”

他立马做出防护状：“得得得，我马上走，马上走。”他把拖鞋给我放回原处，飞快地跑了出去，门被轻轻地关上，我仿佛听见他的叹息声。

我们一起畅游拙政园，回来的时候已经是中午一点儿，太阳当空照，汗水已经把我俩的衣服都打湿了。这个夏天来得比我们预期得要早很多，我有点儿中暑的征兆。陈真出去给我买了点儿防中暑的药，我吃完药便躺下了，不知道是药物的原因还是体力不支，我迷迷糊糊地睡了过去。

我是被一阵刺耳的电话铃声惊醒的，酒店总台的服务员打电话让我去楼顶的泳池看下。我感觉情况有些不妙，疯了似的冲出房间坐电梯径直奔向楼顶。

我看见几个人围在那里，地面上僵硬地躺着一个人。我迅速地跑了过去，看到陈真的身体湿漉漉地躺在那里，一动也不动。

我以为只是一场梦，却冰冷而清晰，每一个燥热的毛孔都像受了惊吓似的收缩，紧接着一阵微风像一支巨大的注射器，把凉意迅速注入体内。恐惧、慌张，夹杂着心痛，不知是泪水还是汗水迅速打湿了我的脸庞，只觉得空气变得异常炽热，眼睛里滚烫的热泪顺着眼角掉了下来，却显得那么无力。我摸着他的脸，急切地喊道："陈真，你别吓我啊，你这是怎么了？"

有个服务员在给他做人工呼吸，旁边有人对我说："他刚才溺水了，120已经在来的路上了。"

我跌坐在地上，接过旁人递给我的毛巾。

终于，他清醒过来，剧烈的咳嗽声唤醒了我，我一下子振作起来，颤抖着机械性地擦拭着他的身体，毛巾已经被揉在一起，苍白的手指揉捏着毛巾试图去拭干他的汗水，一遍一遍地擦拭，仿佛要擦掉所有的悲伤与不幸，直到确认他的心脏依旧跳动。

他的手臂有力地扼住我，他的眼神明亮坚定，似乎在告诉我，不用害怕，他会一直守在我身边。

由于肺部进入大量积水，他开始疯狂地呕吐。此时120也已经赶来，他被送去了医院。不知道是不是心有余悸，我安静地坐在病床前，呆滞地看着他的模样。在我面前，他退去了离婚男人的成熟与沧桑，世俗和圆滑，像个童真的孩子，撒娇、任性。在我害怕恐惧悲伤的时候给我有力的臂膀依靠。他曾对我说，如果我不知道明天的路怎么走，就安静地留在他身边，他会给我依靠，给我一个停靠的港湾，只要他还活着。可当他溺水挣扎至死的时候，在那片分不清死亡与生命界线的地方，他是否还记得他给我的承诺。我会因为他的活着感谢上苍的慈悲，也会因为他的死亡陷入万劫不复，永生难以超度。我不知道这是因为一种叫爱情的东西在作祟，还是因为他若不在了，我的依靠也就没有了。

坐在病床上的陈真，依旧彰显他无忧无虑的特质。他对我说："你觉不觉得我穿着病号服的样子特酷？我今天要不是溺水，而是因为救你摔断了腿，那你是不是得每天对我嘘寒问暖，一辈子照顾我啊？你还会每天扶着残疾人的我，教我走路，跟我说'小心台阶，慢点来……'你那时的样子肯定特温柔，那感觉一定特美好……"陈真简直就要被自己摔断腿的情景陶醉了。

我的拳头雨点般地落在他身上，陈真一下子躲不及防。

"你还真渴望自己摔断胳膊摔断腿是吧？我告诉你，你变残疾了我可不管你。你今天要真淹死在这儿了，我就自己一个人开车回去。"说着说着，我哽咽着呜呜地哭了出来。

陈真一下子被我吓住了。在他面前，我一直都是一副大女人的模样，对他一向呼之即来挥之即去。什么时候会像受惊的小鸟似的，动不动就乱飙眼泪？

陈真把我紧紧地揽在怀里，似乎在为他刚才所说的话而内疚。

“晓儿，我在这儿，我一点儿事也没有，我说了我会一直守在你身边的。”

“我看到你一动不动的时候，我吓死了，你知道吗？”

他拍着我的脑袋：“我知道，对不起，我以后不干蠢事，不说蠢话了。”

我趴在他的怀里号啕大哭，泪水一下子把他胸口的衣服打湿了。我第一次感受到他的胸膛真的很暖，离开他的胸膛我就真的流离失所了。

护士敲了敲我们的门：“5号病床，你还有一项检查没做，医生等着呢。”

他笑嘻嘻地对我说：“还有最后一项检查了，都说了没事了，检查完我们就可以回去了。”

待陈真把所有的检查做完，医生说没什么大碍，我俩又兴高采烈地回酒店，一路上商讨着明天怎么游苏州，有什么特色小吃，脑子里满满的都是出游计划。不久前发生的溺水事件，似乎变成了推进我们关系的某种动力，一下子把我俩的关系拉得更近。用陈真的话来说，如果不发生点什么意外，他压根不知道我会因为他而痛哭成这样，他说值了。

刚回到酒店，陈真的前妻就打来电话。他朝我看了一眼，让我坐在大厅沙发上等，而他转过身去接电话。在我眼中的这个像孩子似的他一下子露出了成熟男人的世故与沧桑，令我觉得有些陌生。他们之间究竟聊了些什么，我不得而知。我只是远远地坐在大厅看着他端着手机的背影，我甚至连他此时是怎样的表情都不知道。

这样想来，我有些好奇，还有一些嫉妒。或许他的前妻还在对他纠缠不休，他们可能会考虑复婚？这样想来，我突然变得有些焦躁不安，但我又不愿意主动去提起他和他前妻的事情，怕引起自己更大的怒火。尽管这个男人跟他的前妻已经分开四年了，可这个苍白的数字并不能掩盖他们曾经同床共枕十年的事实。每次一想到他曾与另一个女人共度了十年美好时光，他们也曾经很相爱，我就会像只受伤的刺猬一样，全副武装变得刻薄起来。

待陈真接完电话回来，我的脸拉得老长。

“怎么了你？”

“我还能怎么样？做男人应该都喜欢做你这种的吧？有前妻的纠缠，随时可以重燃爱火。有个一直倒时差的漂亮小助理，随时准备迎接你的亲切问候。还和一个搞不清楚是什么关系的人在苏州蓝色生死恋。”

“又吃醋了？”他一脸阴笑，带着几分自信。

“没有。”我有些不耐烦地打断他。直到我们吃晚饭的时候，我依旧对他前妻的来电耿耿于怀。而他似乎也不准备告诉我关于今天电话里的任何内容，这更让我怒火中烧。我不是那种所谓的大度的女人，我受不了他和别的女人曾经有过刻骨的爱情，受不了他们之间的生死契约，更受不了那个女人时不时地闯入我们的生活，哪怕只是占用他几分钟的电话时间，也能让我大为光火。

于是他之前策划的烛光晚餐变成了一件大煞风景的事。我们选在苏州小巷的一间精致的小餐厅里，陈真细心地点好菜递给我过目，我甩了甩手表示兴趣不大。

“怎么了？一天都闷闷不乐的。是不是因为我溺水的事？”

我冷笑道："你还真自我感觉良好，真当我有多在乎你似的。"

他突然握着我的手说："有件事我得跟你说。"

"别又是什么幼稚的求婚，我先表个态，我不嫁二手货。"

"你也别这么着急表态，你迟早得嫁我这个二手货。我要跟你讲的是，我最近要去三亚一趟，估计要去一个月。"

……我惊措失语，千怕万怕的事情还是发生了。

三亚？离婚的时候我就听说他前妻定居在三亚了。我脑子里"嗡嗡"乱响，他下午接完前妻的电话，晚上就告诉我他要去三亚。我几乎都要脱口而出"是不是去看你的前妻？"但我内心却反感问及他前妻的任何事情，我现在连同他都开始厌恶。

我没有说话，也不想说话，心不在焉地吃完晚饭就回到了酒店。路上他叽叽喳喳跟我说了一大堆话，我一句也没有听进去。

05
快消品

回到杭州后，他直接去了三亚，整个杭州一下子变得空荡起来。我每天数着日子，算着他从三亚回来的时间。可是一想到他的前妻在三亚，每到晚上我便开始胡思乱想：他是不是又跟前妻在一起，他们是不是会发生些不该发生的……我渐渐变得很焦虑，开始疯狂地拨打他的电话，可是每次都是关机。第二天我索性全天关机，让他满世界找不到我而干着急。直到罗兰的手机开始被他轰炸，我让罗兰推掉说我今天没来上班，让他越急越乱，压根没心情再跟前妻度假。

他不在的这些日子里，我仿佛失去了地心引力。我假装自己很忙，每天约会形形色色的男人：远房的表哥、相过亲的对象、有过合作的客户、多年不见的老同学……我穿着精致的高跟鞋陪他们轧马路，穿着单薄的外套陪他们在西湖边喝咖啡。我们进出电影院、商场、loft主题餐厅。我们在南山路喝茶，在太子湾赏花，在运河边聊聊过去的事情。我们聊天的内容经纬度很大，不仅仅限于生死轮回和大脑绝密档案，还有女明星的蜕变历史，小中产阶级的崛起，个人事业的发展方向，价值观扭曲的时代。我们聊得兴致勃勃，酣畅淋漓。可回来之后，我就和他们断了联络，仿佛我们之间的交际只是一顿廉价的快餐，一件破旧的过季衣服，一件打折后还滞销的快消品。我忙得像朵交际花，可我还是很空虚。一空虚，我就会胡思乱想。没有人知道，我的一颗心早已系在他身上，一心要跟他生死相许，而他却忙着跟前妻叙旧，忙着安慰女助理。罗兰经常狠着劲骂我：“活该！你明明对娘娘腔情深意重，却宣称他只是你的备胎。要么狠狠去爱，别管结果怎样。要是不爱，就潇洒地滚。没有谁能一辈子优雅地活着。”

但我依旧干着口是心非的勾当，继续假装优雅，背地里却摔得无比狼狈。

这个季节比我预计得要更温暖，空气里仿佛残留着燃烧的波西米亚玫瑰的暗香。尤其在傍晚的时候，阳光一点点退去，炙热的大地散尽积蓄体内已久的卡路里。一缕缕黯淡的光线，就如同上世纪50年代的电影放映机，投影在一辆老式的永久牌自行车上。暮色渐至，刚被洒水车冲洗过的柏油马路上，一阵清脆的铃声打破喧闹的节奏，为霓虹初上的华街奏响一曲美式乡村音乐，顺着铃声响起的方向，柔软的西湖在柳枝的解构主义下勾勒着江南的水韵，而大片的荷叶仿佛即将融入苏堤的迷雾之中。我拉起窗帘，关掉电脑，补了一个淡妆，喷上点Dior的香水，踩着15厘米的高跟鞋让自己看上去还富有几分青春的气息。我跟罗兰打了个招呼说“今天有事得先走了”，罗兰不怀好意的眼神表露她已心领神会。

陈真提前回来了，我终于不再失重。我就是一台正在加热中的微波炉，外面不温不火，内心热火朝天。我像个精明的华尔街商人，计算着他自飞机起飞到出现在我面前的精确时间。但我和他之间真正的距离不是2300公里，而是他的前妻。我们之间像隔着整个太平洋，彼此之间明明有着千丝万缕的联系，却始终无法横渡。

晚上七点过三分，电梯的金属门开了，每次进电梯都有种关禁闭的感觉。门快关上的时候，外卖男以迅雷不及掩耳之势挤了进来。我瞅了他一眼，迅速拉响红色警报，一种强烈的领土自我保护意识被唤起，我故作镇定地看着电梯的数字在一层层减少，这几分钟漫长得就像看完电影后内急站在厕所门口排队一样。

介绍一下这位外卖男，性别男，年龄与姓名不详。自从我某次拨打了这家的外卖电话之后，他就经常来我们写字楼送外卖，而且经常以外卖之名发短信对我送温暖送呵护。

我怎么发现我特别有男人缘，追我的不是高帅穷，就是矮富丑。

有次这位外卖男给我发短信我忘删了，刚好被陈真逮住现行。这事的确是我不对，但偷偷看我短信这种勾当，他个大男人也真好意思。

后来我采取坦白从宽的策略，主动跟他交代了事情的来龙去脉。但我越解释自己是如何的清白无辜，陈真看我的眼神越觉得我是朝三暮四的小人。所幸，陈真是那种从来不记事的人，这事很快就过去了。他总感慨我记事的能力跟电影重播似的，我听着这一点儿都不像在夸我。

“……刚下班啊……”他从喉咙里生涩地憋出几个字。

我假装没听见。

“今天上班累不累啊？”

我继续装没听见，心想着今天的电梯怎么这么慢。

“那个……我叫黄达，就是经常给你们办公室送外卖的那个。”

我瞟了他一眼，他有些不好意思地挠了下后脑勺。我收回自己的目光，依旧装出一副高冷的样子，让他不敢轻易靠近。像我这种庸俗市侩名花有主的败家女，也就陈真能受得了我这矫情的脾气。

他没再说话，但我明显感觉背后有一双眼睛在盯着我。电梯门终于开了，我飞速走出电梯，生怕他会追上来。

但他还是追了上来：“你现在去哪儿？要不我送你去吧？”

小伙子很热情，但我的表情一定很冰冷。我无奈地转过身上下打量着他，难道我的态度还不足以表明我们之间压根就没有任何可能吗？难道他以为我在玩欲拒还迎的鬼把戏？

他赶紧补充一句：“如果你不嫌弃的话。”

我妈常说，选择一个男人的品质决定了我以后的婚姻生活质量。这种品质，跟身份、地位、年薪、家教，以及听什么音乐、看什么书、开多少万的车、穿什么牌子的衣服有着密切关系。我突然觉得这话有点对。这就好比摆在面前有两份惊天地泣鬼神的爱情。虽说戴250块的表和250万的表，时间是一样的。喝30块的酒和3000块的酒，呕吐是一样。住30平的房子和300平的房子，孤独是一样的。但是250块的表远没有250万的表精致，30块的酒和3000块的酒口感绝对不一样。300平的房子能开狂欢派对，30平的房子显然只够两个人拥抱。

我微笑着跟他说了一句“谢谢”，态度温和得像蒙娜丽莎，但我内心甩开他的心情就像甩开一块儿嚼烂的口香糖。

待我转身的时候，迎面呼啸而来的电动车瞬间把我撞翻，我四脚朝天地躺在地上。电动车见势不妙，飞速逃离现场。

他拼命去追肇事者，却没有追上。等他缓过来问我有没有事的时候，我早已哭成了泪人儿。从头到脚的疼痛像撕裂一般，我感觉自己是不是快死了，我想到开始长白头发的爸妈，一直深爱着我的陈真，我马上生日我爸答应送我一辆车我还来不及开，钱多多为了跟他男朋友买房我瞒着我妈借给她五万块钱，陈真过阵子去香港会送我一个Guess包包，还有我妈给我物色了一个律师据说念过斯坦福……

我想了很多很多，等我清醒过来的时候我已经躺在医院里。

我妈立马趴过来："你可算是醒了，现在疼不疼，饿不饿……医生说你撞到了脑袋有轻微的脑震荡，还有你的腿……"说着说着眼泪又簌簌往下掉。

"好了，医生不是说也没什么大事嘛。好好休息，想吃什么，爸爸给你做。"我爸也凑了过来。

"对了，到底谁撞的你啊？"

提起撞我的孙子,我火气就往上直冒："早就跑了……"本来还想着问候撞我那人的八辈祖宗，一激动腿一踹，疼得我龇牙咧嘴。

我爸妈赶紧心疼地劝我："别乱动，腿还打着石膏呢！"透过眼角的余光，我远远地看见病房角落里坐着的黄达，他看上去很疲倦。可我懒得再去管他，此人就是我的煞星，绝对是老天派来收拾我的。

后来我爸妈对黄达说了一大堆"滴水之恩，当涌泉相报""世上还是好人多"之类的话，我妈还问他是哪个单位的要给他做幅锦旗，我爸更直接就往他兜里塞红包，再后来就把黄达给打发走了。

我四处搜索，始终没看到陈真的踪影。我想着我们一块儿去苏州他差点儿把命搭上我差点儿把拙政园哭塌，他说会买5克拉的钻戒来向我正式求婚不知道是不是在开玩笑，我要是真落下残疾他会不会背着我走遍世界，让山川大河去见证我们的爱情……

我忍不住问我爸妈："陈真人呢？"老头老太太都说不知道。这时候我妈又开始泼凉水，说什么"陈真都离过一次婚的人了，怎么还不知道心疼人啊。你要真有点什么事，是肯定指望不上他了"。

我拨陈真的电话，又是关机。我忍不住电话直接拨到罗兰那儿。

"陈真今天去没去公司？"

"哎哟我的姑奶奶，我正准备明天去医院看你呢。伤得怎么样，要不要紧啊？"

"暂时还死不了，赶紧跟我说陈真去没去上班？"

"没看见他呀，难道昨天他没回来？你说你现在都是工伤了，他还待在三亚逍遥快活，不是我说你，光这点他就比不上我们家李东海……"

我索性把罗兰的电话赶紧挂了。现在是我工伤，怎么一个个都开始对我不是泼凉水就是进行正义的讨伐呢。还有，她嘴上能不能别老是她们家李东海长李东海短的。

毕竟很久以前我的口头禅也是我们家李东海……如今这话从罗兰嘴里说出来，我有种被人抽几个大嘴巴的感觉。

临近中午的时候，黄达怯生生地走进我的病房。他换了一件干净的polo衫，嘴角上扬的时候能挤出一个酒窝。还未等他开口，我便不耐烦地甩给他一记白眼："出去！"要不是这个煞星，姑奶奶我不至于现在躺在病床上，浑身上下绑得跟大螃蟹似的。最可恶的是，英雄救美这种桥段为什么出现的不是开着特斯拉的帅哥，而是每天骑着电动车的外卖男?

“我给你带了你爱吃的鲈鱼海鲜面，你外卖经常点这个……”

不等他说完，我提高了分贝：“出去！”我的内心不争气地荡起了一丝感动的涟漪，但一点儿都不妨碍我对他冰冷的拒绝。

我感激他把我送到医院，但我不会对他以身相许。人与人之间有一种关系叫作磁场，它存在于我们的心灵特质的相似度与相异地方保持在95:83的这种状态，但我和他磁场失衡。

他面红耳赤地愣在那里半晌，表情看上去有些复杂，咽了几口唾沫，好像是把刚到嘴边的话给咽了下去。他轻轻退出病房，临走之前拿出一个红包放在我的床尾。那不是我爸塞给他的红包吗?我挪着身子费了好大的劲才拿到这个红包，打开一看，里面竟装了3000块，我家老爷子可真是出手阔绰啊。

06
爱情导火索

病房终于安静了，我五花大绑跟螃蟹似的躺在床上发愣。我看电视打发时间，我数红包里的钞票准备算计我爸的小金库，我写微博通知全世界人民我在住院。我试图找各种事情来掩盖我身体的疼痛，灵魂的空虚，还有一颗胡思乱想的心。

人生不能想，一想就流泪。我曾遇到过多少好男人啊，可他们不是结了婚有了娃就是离了婚破了产。我花了快30年时间好不容易才遇到陈真这一壶龙井，可他现在还在被他前妻泡着。

我想到陈真对我的好，也想起他对我使的坏。爱情本来就是一笔计算公式，就看谁算盘打得好。

钱多多来医院看我，还带了她辛苦为我煲了8小时的汤。这妞儿漂亮，我指的漂亮不是韩国流水线上的整容产品，是笑起来让男人春心荡漾的古典主义美。她还聪明，诗词歌赋信手拈来，更重要的是，她知道点菜品酒聊雪茄煮意大利面。她还特别能干，在一家上市公司当高管数年毅然离职创业，失败后她稍作休整又东山再起。

但就这样一个集外貌与内在于一体的女子，还是被男人的油腔滑调给蒙蔽了。以前我一直觉得她是我的人生导师、爱情顾问、情感专家。她比我年长几岁，比我见识过更多渣男的嘴脸，经历过更多的悲欢离合，悟出过更多的人生真谛。但自从她决定嫁给王金那个小白脸，我才意识到，原来她也有看走眼的时候。虽然这事儿，与我或多或少有着直接或者间接的关系。

钱多多对我一阵嘘寒问暖后，突然问我："我来的时候，怎么看见你病房外坐着一人？看那表情好像是要对你负责到底啊。"

"不熟，不认识，不知道……"

"别装了，谁不知道你是被绑在电动车上送到医院来的啊。你得感谢人家不是蹬三轮的，不然以你那睡姿，不知得迷死多少岁月蹉跎的鳏夫。"

钱多多给我倒了碗鸡汤，前一秒把我损得体无完肤，下一秒又给我送温暖。她夸人挺有技巧，损人挺有境界，我可算明白这些年她为什么嫁不出去了。

"那5万块钱得再过阵子才能还你。"她跟我提钱的事。

她这阵子一直在筹备买房，就跟我借了点儿钱。我虽说身在江浙沪，但却是个困难户。就那点儿钱还是瞒着我妈从我爸的小金库里给借出来的，我并不着急。

她买房就是为了跟王金结婚生孩子孝顺父母按部就班地走着自己的人生道路，但谁知道却被她改编成了一部耐人寻味的人生哲学史，顺道还欠一屁股债。这两人还在讨论该由谁付首付钱、房产证上写谁的名、年三十先去谁家过、结婚时谁家父母坐上座、订日子选哪天、度蜜月是杭州七天乐还是东南亚五日游？王金经常会为了一些鸡皮蒜毛的小事冲钱多多大吼大叫，遥想当年他追钱多多屁颠屁颠那个劲儿堪比灰太狼。钱多多也从高冷的女王变成了倒贴小白脸的早更妇女。

王金是陈真介绍给钱多多的，两个人初次见面就暗送秋波一见钟情，很快爱得难舍难分生死相许。后来我还因为这事抱怨陈真："你缺不缺德，把王金那种人介绍给钱多多，你成心想让她往火坑里跳啊。"

"我就只是做了个牵线搭桥的月老而已，谁知道他俩还真就情定终生了。"陈真耸耸肩，对我的讨伐并不认同。

我揪着陈真不放："让你做这个该死的红娘，乱点鸳鸯谱！"

陈真嘴硬地说："全世界人民就你反对他俩，我看他们挺合适的。"

我反驳道："好姐妹看渣男的眼光是雪亮雪亮的！"

事实证明我是对的。钱多多每次跑来我家都是鼻涕一把泪一把，顺便浪费我一盒抽纸。她每次都说："我俩不合适的地方太多：八字不合、属相犯冲、星座不匹配……但这些都不重要，正所谓'贫贱夫妻百事哀'，最重要的是：没钱！"

钱多多陷入爱情之后，智商明显不够用。她忘了他俩之间最大的隐患就是她那个守寡多年一个人含辛茹苦把王金拉扯大的婆婆，老太太直接对他俩的美满婚姻造成了致命冲击。

其实我知道钱多多会看上这个没车没房没钱的王金，是有另一层原因的。多多自幼丧母，这么多年跟着爸爸相依为命。当她遇上跟她一样是单身家庭出身的王金，就义无反顾地爱上了他，誓死也要跟他在一起。两个天涯沦落人，把这种惺惺相惜的感情当作爱情。钱多多大王金五岁，对待王金这个小男友可谓是关怀备至，简直到了母爱泛滥的程度。看得我和罗兰直骂她没出息，把我们女人的脸都给丢尽了。

我记得他们俩准备谈婚论嫁的时候，王金他妈从老家赶了过来，那天天气不太好，下着小雨。听说老太太喜欢热闹，还特别好面子。我们就特意去借了辆SUV把老太太从火车站风风火火地接了回来。接着一大伙人忙着在家包饺子，因为老太太是北方人喜欢吃饺子。

准备吃饺子的时候，老太太硬拉着我的手一个劲夸我水灵漂亮。我还以为老太太认错了儿媳妇，赶紧澄清误会。把钱多多如何“上得了厅堂，下得了厨房”等形容中国好媳妇能用上的词全说了一遍。

老太太冷冷地来了一句：“我知道，不就是那个比我儿子还大五岁的女人吗？”

空气凝固，有颗子弹破冰而出硬生生地打入钱多多的胸口。钱多多假装没听见，准备捞起锅里煮好的饺子。结果，她手一抖，滚水正好洒在她手上，她疼得眼泪快要掉下来。王金看到赶紧去帮忙，不料却被老太太叫住：“儿子，家务活就该女人操持，你瞎起什么哄？”

王金只好退回来，继续陪着老太太说笑，伺候老太太吃水果，母子俩其乐融融。

我和罗兰见势赶紧跑去厨房帮忙，此时钱多多的手背已经起了个水泡，不知道是因为手上烫的水泡疼还是被老太太的话给刺疼了，她的眼泪在眼眶里直打转。

我们都知道，她为了迎接老太太的到来，专门学着怎么包饺子怎么煮饺子，她明明不爱吃面食，却买了那么多的面粉擀了那么多的饺子皮……她满心欢喜，渴望承欢膝下，渴望有一份迟到的母爱来抚平她幼年的丧母之痛。

准备开吃了，热气腾腾的饺子模糊了所有人的面庞。突然所有人都不说话了，老太太坐定，表情纹丝不动。

最后，王金打破了沉默："妈，这些都是多多特意给您包的饺子，您尝尝。"说着便把饺子夹到老太太碗里。

老太太尝了一口，定了定神："吃起来还是没有咱自己包的好吃，皮太厚了，还煮老了。"

王金忙点点头："可不是嘛，饺子当然还是您包的好吃。"

接下来就是这对母子聊家常，钱多多被晾在一边。哪怕是被刁难、被挑刺这都算幸运，至少老太太肯跟她说句话。把她晾在一边置之不理，这才是灾难的开始。

我们眼睁睁地看着干着急，却不知道该怎么帮钱多多，暗地里大骂王金这蠢货怎么不在他妈面前替钱多多美言几句。

老太太似乎被王金哄得很高兴，笑着对我们说："我儿子就是优秀，从小到大没怎么让我操心。从小学习就特别好，连老师都夸我儿子是难得一见的人才。现在他名牌大学毕业，拿着高工资，人长得又倍儿帅倍儿精神，有多少姑娘想做我儿媳妇，我都没答应。"

母亲眼中的儿子通常都是天上有地下无，挑个儿媳妇得挑花了眼才算完。王金的硬性条件，客观来说很一般。普通二本毕业，月薪7000，既没房子也没车更没存款。若非得说他是个潜力股，那得看他每个月画的建筑图纸能卖掉几张。

当初陈真怎么评价王金来着？说他是个建筑师，没准儿就是中国的安东尼奥·高迪。后来我才知道，王金早年画的图纸现在都变成了烂尾楼，现在混迹于一家小得不能再小的建筑工作室。

罗兰的嘴真利索："在这个拼爹的年代，他既不是富二代，也做不了富二代的女婿，您儿子只是个普通人，没有您想的那么了不起。"

我赶忙拉着罗兰示意她闭嘴，不然今天非得谈崩了不可。

气氛瞬间有些紧张，王金赶忙说："妈，以后我们买了房子，一定接您来常住。"

但看这母子俩的架势，免不了有钱多多的苦头吃，于是我替钱多多求情："阿姨，多多在我们几个姐妹当中可是非常优秀的。而且这年头能下厨做饭的女孩子已经不多了，多多能烧一手好菜更是难得。人品我就不提了，反正我们几个称她是大姐，生活中有什么事也是她罩着我们。以后她和王金一起孝顺您，您就像多了一个女儿……"说完，我拉了拉陈真的衣角，陈真赶忙应声，关键时刻，我只能让陈真替我帮腔。

老太太冷哼了两声，没再接话。

王金知道老太太不高兴了，对着钱多多吆五喝六："赶紧给我妈倒杯水去呀！"

钱多多吃剩的半个饺子没敢咽下去，赶紧给老太太端茶递水去了。

"我儿子年轻有为，比不得你们工作了这么多年的人。反正在我眼里呀，我儿子就是优秀，有多少年轻姑娘想嫁我儿子，我都不答应……”老太太继续重复着先前的话。

吃完了饺子，我们也不想多逗留。

罗兰拉着钱多多：“跟我们一块儿走得了，别妨碍人家母子团聚共享天伦。”

陈真去发动车子时，我对钱多多撂了句话：“幸不幸福，只有你自己心里清楚。”

“要换我的话，老娘才不去伺候呢。”罗兰补充道。

钱多多摇了摇头，她一旦下定了决心就会死磕到底。和王金交往的这些日子，她已经做好了当王太太的准备，她每天早上起来为他打领带，出差帮他整理行李，她立志做个张爱玲笔下的精致女人，没事还研究下巴菲特以便和他有更多的共同语言。白天出门是白领，下班回家是老妈子，出门在外还得到处给他面子。作为一个33岁的女人，她已经懂得如何去妥协。

王金像个未经世事的宝宝，没有情调，缺乏绅士风度，最可怕的是还没有主见。他从来不知道情人节该给女生送花，生日该买礼物，头一回去见老丈人两手空空，每个月的工资定期存入妈妈的账户，他养不起家糊不了口，还视钱财如粪土。刚认识钱多多那会儿，他住在低矮阴暗的地下室，每天为中美国际大环境操心，高喊“抵制日货”。他买不起婚戒，租不起婚车，却整日满嘴的责任与担当。

看到钱多多经历过生离死别悲欢离合依然执迷不悟后，我更坚定了“宁可单身，也不凑合”的决心。倒不是我有多挑剔，也不是我喜欢端着“宁缺毋滥”的姿态，主要因为能翻译劳伦斯能背诵泰戈尔的才华横溢的男人一般都长得丑，我不愿半夜醒来面对一张犹如午夜凶铃的脸。就算遇上个英俊潇洒风流倜傥品位不凡的翩翩公子，一般也只懂得如何挥霍青春和钱财，时不时打个飞的留下出轨的证据。挣钱多的能提供住房和车子的优质男人一般都在四处应酬，张口闭口就是他为了整个家在打拼，留下你自己一个人整夜空虚寂寞冷。终于遇到个顾家的男人，整天洗衣服做饭围着你团团转，奈何志大才疏眼高手低，只会喋喋不休空谈梦想，更可怕的是搞不好他还有个难伺候的妈。

陈真给我们打开车门，一进车里，我和罗兰就开始替钱多多打抱不平。

“是不是你们男人都特喜欢拜见老佛爷的时候，先给未过门的姑娘一个下马威以彰显母慈子孝的优良传统啊？”

“哪儿能啊，你要体谅人家孤儿寡母也不容易。”他从后视镜里看了罗兰一眼，回正方向盘，顺道把眼光一并收回。

“明明大家都半斤八两，照你那意思，钱多多从小跟着爸爸相依为命就容易了？”

“人家老太太不就是心疼儿子嘛。”

“她儿子是她的心头肉，人家钱多多不是她十月怀胎生的就该遭她践踏。话又说回来，钱多多可没吃他们家一粒米长大，凭什么还没过门就得看尽脸色受尽委屈。”

“老太太是把王金看成是自己的唯一了，你想想，自己辛苦养大的儿子，突然有一天另一个女人出现了，要跟她抢儿子，老太太心里难过也是可以理解的。”

“照你这逻辑，好像闺女就不是娘生父母养的，谁家姑娘不是父母的掌上明珠啊。老太太要连这个道理都不明白，那她干脆跟他儿子过一辈子得了，反正啊，我看那王金没断奶，娶的不是媳妇是妈。”

“王金那是孝顺。”

“娘娘腔，王金这不叫孝顺，他只是假孝顺真懦弱的妈宝男，一个快三十岁还没有断奶，妈妈怀中的乖宝宝。”

“瞧你这话说的。”

“你这么护着他们，该不会打算有一天李晓去拜见你们家老佛爷的时候，也这么对待她吧？”罗兰的话题焦点突然指向我。

我看了眼陈真。

“我爸妈是通情达理之人，这种事情在我家绝对不可能发生。”

“你父母又没见过我，你怎么就知道不可能呢？”我突然问道。

“真的不可能。我前妻头一回来我家的时候，我妈打听到她爱吃猪手，整整给她煲了一锅红烧猪手。后来结婚以后，我爸妈都很少会过来看我，即便是过来，对我们的生活也不指指点点。我妈说，儿子大了就该有自己的生活。她也是这么过来的，知道长辈多管闲事特别招儿媳讨厌，也会影响晚辈的婚姻质量。”

陈真边开车边回忆他那些遗失的美好，以及他父母是如何的通情达理，显然没注意到我的脸色已变得铁青。我气得青筋暴起，他居然还记得他前妻爱吃猪手，还记得他们结婚以后的美好生活。

“娘娘腔，看来你对前妻还余情未了。”罗兰火上浇油。

“怎么了？”陈真还没有反应过来。

“停车！”我突然说道。

陈真好像猛然间明白他犯了大忌，对我来说，他前妻就是原子弹。他刚才讲了那么多，无疑就是让原子弹爆炸。他假意扇了自己几个耳光，骂自己哪壶不开提哪壶。

“娘娘腔，你跟王金还真是一丘之貉。”罗兰表面上好像在替我抱不平，但口气怎么有点儿像幸灾乐祸。

当着罗兰的面，我忍着没发作，直到把罗兰送回家。

陈真终于打破沉默：“晓儿，一会儿我们去吃自助餐好不好？”

我想起头一回他带我去吃海鲜自助餐，我一口气吃了15只澳洲大甜虾。

“晓儿，我们一会儿去商场逛逛好不好？”

我想起上次在卡地亚橱窗前看中了一条项链，我就一直赖着不走。

“晓儿，我们去买榴梿好不好？”

我还想起有一次在超市结账买单的时候，有一个秃顶的大叔买了只大榴梿，我闻着那味儿差点就跟大叔跑了。

最后陈真把我禁锢在怀里，不管我怎么挣扎就是不放手，他说：“晓儿，我说那些只是想告诉你，我和我的家人会一起来爱你。”

我受不了这么煽情，但这一招对我挺管用，我真有一种立马就偷户口本的冲动。

……

这事过了没多久，我们知道了老太太甩脸色的缘由。原来老太太嫌我们接她用的SUV不是什么豪车，说她坐得特别不舒服。还嫌我们包饺子难吃，干吗不在酒店里招待她，抠门也不至于抠那几百块钱。老太太还提到我和罗兰，说像我们这种被父母宠坏的大小姐以后肯定嫁不出去。我们很难理解，一个明明生长在城乡接合部的老太太，眼光居然这么高。

我又想起钱多多向我借钱的那个晚上，她那时理直气壮地跟我说她要买房结婚。我连想也没想就拍着胸脯说把钱借给她，支持她女人当自强。但我万万没想到，她自己买的房还加上王金的名字。

当初老太太咄咄逼人，说要是不买房，婚也就别结了。反正她儿子还年轻，她也不想儿子这么早就结婚。我们气得直跳脚劝钱多多干脆别结这个婚，这种男人不要也罢。

我们真的不明白，钱多多为什么事前对王金死心塌地，事后又觉得受尽委屈。她抹着眼泪说："我已经33岁了，我也不想委曲求全，我也不想到处觍着脸借钱。可我有退路吗？我没有多余的选择，我爸把我拉扯大，他整天就盼着我可以嫁出去，这样他才能放心。"

后来房子买了，写两人的名字，她可真够大方的。我笑她具有毫不利己专门利人的国际主义精神，跟她结婚的男人能发家致富。

可话又说回来，王金再不济，至少他们即将迈入婚姻的殿堂。而我，一条腿差点迈入鬼门关，陈真说不定还在跟他前妻鬼混。

"还是你们家陈真好，我怎么就遇不上这么好的男人呢。"钱多多叹了口气。

一提陈真，我就来气："他有什么好的？我在住院，他没准儿正和他前妻花前月下再续前缘呢。不过男人都一样，你还是自求多福吧！"

"我压根就不在乎老太太怎么讽刺我，我嫁的是她儿子，又不是她。或许我真的是年龄太大了。”

“钱多多我告诉你，你就是个好女孩，上得了厅堂下得了厨房，进可做霸气十足的职场女王，退可做撒娇卖萌的纤纤公主，年龄压根就不是问题。要是王金敢辜负你，明儿个我就替你找个钻石王老五……”

07
谢谢你爱过我

我躺在床上哼着跑调的歌正研究陀思妥耶夫斯基时，李东海倚在病房门口盯住了我。

“知道你出车祸了……”他幽幽地说。

“那你也就安心了。”我替他把后半句补上。

前男友是个坏名词，他可以随时揭露闺蜜之间的姐妹情长尔虞我诈。李东海的存在显然是一场预谋，促使我和罗兰这对儿双生花，唇齿相依却又势不两立。

李东海给我带来了我最爱吃的酱鸭。

“陈真呢？没赶回来陪你？”

“李东海，你要是还算是个人的话，就别跟我提这个人。”

“得，不提就不提，要不趁罗兰不在，借个肩膀给你靠靠？”

“瞧你这点出息。”我突然有些感伤，“一个人躺在病床上看着雪白的天花板，还真有种被遗弃在外太空的感觉。”

李东海说：“你应该征服你通讯录里所有的钻石王老五，你的病房不应该像冰冷的停尸房，除了白大褂就是鲈鱼海鲜面。你应该让全世界都朝你看齐，向陈真证明你是全球限量版的迈巴赫，虽然每个月的保养费巨高，但追你的男人已排到了纽约。”

“我只要不被人误会成公共汽车就不错了。”

“对不起，比喻有点不太恰当。那你就把自己打造成海洋之心，全世界的杰克明知会头破血流但为了你却义无反顾。”

“比如你？”我反问道。

“求你个事呗。”李东海岔开话题。

他真把我当他的后勤部部长了，可以给他随时提供补给。

“又求我办事？求人办事不得送礼啊。说吧，什么事，只要不是借钱。”

“瞧你那小市民样儿，明天我和罗兰一起来看你，她说什么你都别往心里去。”李东海嘱咐道。

我有种预感，这对狗男女在分分合合中又破镜重圆了。

第二天，罗兰花枝招展穿得跟贵妇似的走在前面，后面跟着系着领带的李东海。他俩给我提来了一个果篮和一束鲜花，花的品种很多，就是没有玫瑰。

“某人听说你住院了，非得来看你呢。”

“谢谢啊。”

“伤得怎么样？哪个不长眼的，把人都给撞成这样了。”

我摆了摆手：“别提了，算我自己倒霉。”

我看了眼罗兰：“穿这么漂亮，有什么喜事？”

罗兰朝李东海使了个眼色：“快跟李晓说啊。”

李东海支支吾吾了半天，罗兰抢过话来：“我和东海要结婚了。”她得意扬扬的脸上涌现着把我践踏在脚下的快感。李东海一脸内疚的目光，温柔地落在我身上。

我的闺蜜跟我的前男友在我病床前跟我说他们要结婚了，他们是不是特想把我气出高血压心脏病？难怪李东海让我别往心里去，我能不往心里去吗？只可惜我连往心里去这个资格都没有。

我一句恭喜的话也说不出来，我心里骂着："滚你大爷的李东海，嫌我这条丧家犬还不够落魄，好衬托你俩的幸福？"但我还是昧着良心挤出真诚的笑容祝福他们琴瑟相合，"劳燕分飞"这四个字被我卡在喉咙里。

我想起我和李东海上大学的那段日子。

那会儿我们还在大学校园里装清纯，男生爱追校花，女生偏爱才子。那会儿电脑还没有全部普及，小灵通是时下流行，微博还没有被研究，校内网那时还不叫人人网，MSN刚成功面世。我和李东海就靠着挥霍父母的辛苦钱在校园里谈情说爱。

有一种爱情是被秀死的。我和李东海的爱情就是这样：秀大头照、秀情侣装、秀度假场地、秀世界美食、秀烛光晚餐、秀爱心便当、秀爱情誓词……

我记得李东海追我的时候，我把罗兰当成了我的狗头军师，从来没想过有一天她会叛变。我每天第一时间向她汇报我和李东海之间的进展，告诉她我下一步的计划。

我没想到罗兰也喜欢李东海，我与李东海的亲密关系已经威胁到她的领地。我跟李东海爱的死去活来的那阵子，罗兰就跟消失了似的，她经常翘课，也不回寝室睡觉，手机常常不在服务区。后来我和她的友情日渐淡化，但并不影响我和李东海继续爱得轰轰烈烈。直到有一天，我和李东海终于走到了破裂的边缘。我们没能在爱情这场秀中赢得掌声，而是过早的谢幕。我开始向罗兰哭诉，我越来越不知道这份感情存在的意义。

“那你们打算什么时候分手？因为你们这么一直耗下去，也不会有好结果的。”罗兰问。

“我知道。”

“这件事情我希望你可以主动点，快刀斩乱麻，这样对彼此都好，况且我们都还年轻，没什么大不了的。”罗兰把我的痛苦说得轻描淡写。

“也许吧。”

“如果你和他之间还有什么不愉快的，都可以跟我说，毕竟我们俩是从小一起长大的。”

我压根看不出罗兰是不是真的关心我，她的话斩钉截铁，还带着一丝冰冷。所谓的好姐妹，只不过是她嘴皮轻轻一动毫无温度的代名词。我脑子里甚至还闪过一个念头：罗兰一直很希望我和李东海分手。

提出分手的那天，仿佛我俩早已准备好了这一天。我穿了一件白色连衣裙，李东海还特意去理了一个漂亮的小平头。我们一边吃着散伙饭，一边缅怀一起共度的美好时光。李东海一边摸着我的头发，一边泪流满面地嘱咐我以后要有需要还可以给他打电话，他随叫随到之类的分手词。

我俩在一起的时候，我很霸道，不准他抽烟、不准他喝可乐、不准他翘课、不准他和我看不顺眼觉得不靠谱的人玩，只要他稍不顺我的意，我可以给他一个月的脸色看。我时常把爱情凌驾于他的自尊之上，说话永远含沙射影阴阳怪气。我们每一次拉响战争，就把那些陈芝麻烂谷子鸡毛蒜皮的事全翻出来吵一遍：他怪我穿的衣服领口有点低，我怪他只顾打篮球不接电话；他怪我跟学生会的那个眼镜男有点暧昧，我怪他昨晚为什么送小学妹回寝室。吵完，两个人互不理睬，势要划清界限。冷战一两周后，彼此开始心软，开始妥协，然后扔掉面子里子百般示好一心求合。然而，心里的刺并没有连根拔起，渐渐地刺多了，爱情的路上就布满了荆棘。

吃完饭，我们拥抱、流泪、告别。我撑着伞一步步朝前走，雨水迅速打湿了我的裙摆。李东海傻傻地站在雨里看着我，哭得一塌糊涂。

“对不起，我不那么任性了行不行？我不随便甩脸色乱发脾气了还不行吗？”他高傲的自尊碎得跟玻璃碴似的。

我只是愣了下，没有回头，撑着伞继续走了，跟他一样泪流满面。

我终于毕业了，也终于跟李东海分手了，罗兰真替我高兴。更可恶的是，连我妈也跟着喝倒彩，她一直觉得李东海那小平头配不上我，压根不管我现在失恋的心情有多痛苦。

我妈之所以喝倒彩的主要原因是她血液里流淌着强烈的地域贵族情结，而且跟我一样没出息地念了个三流的大学拿了个三流的文凭。这意味着我们进不了世界500强，考不上公务员，靠着微薄的收入当房奴卡奴上班奴。有时候善意提醒下她“你女儿和他念的是同一所大学”，她也不知道从哪里冒出来的自豪感“那不一样，要当初我跟你爸狠狠心，你还不得上斯坦福啊”。刚分手那段日子很难挨，我每天数着日子过。我不断提醒自己：一切都过去了，我们之间的那些美好要学会遗忘。这或许就是放肆的青春留下的一点儿遗憾。

毕业那阵儿我很恍惚，房子是李东海帮忙给我找的。他隔三岔五跑来我家问安，一大早端着小米粥往我家送，晚上带我去看电影。平时还给我搬搬家具修修电脑通通下水道。那时我俩还一起凑钱领养了一条狗，我们给它买狗窝狗粮，一起带它遛弯，一起去宠物医院。我俩还给它洗澡，帮它穿衣服。那段日子是我俩最开心的时候，比以前在一起的时候还要开心。后来，李东海还跟我开玩笑说，要不我俩就住一块儿得了，还省了一半房租。但那时，我俩谁也没有跟谁说过要复合的事，只是觉得藕断丝连的感觉，也挺好。

直到不久之后的一次同学聚会上，我才知道李东海有新女朋友了，是罗兰。

我好像明白点什么，但又好像不太明白。我不知道自己是怎么鼓足勇气面对他们的。我想着李东海以前满嘴“甜心、宝贝、亲爱的”之类对我说的甜言蜜语会同样用在罗兰身上，我就像被人捅了刀子。

后来我妈也想通了，说我要是实在放不下李东海这个小平头，那就在一起吧，毕竟都是本家姓，怎么着也算是一家人。这时候我妈还在考虑血统和姓氏的问题，但一切都已经太迟了。

这世间有太多爱情死于非命，而我，连自己怎么死的都没弄明白。他说过他会等我，等我回心转意。他说过他会娶我，开着我最喜欢的大红色两座敞篷车来迎娶我。可转眼间，他就爱上了别人。

每个人都会在生命中留下或多或少的遗憾，那些没有走到最后的初恋，暗恋多年的boss，一见钟情的合作伙伴，多年以男闺蜜之名陪伴你的好友，春心荡漾的男神女神，上个月刚分手的前任……错过，便是真的错过了。

我尽量不去回想我和李东海曾经在一起的时光，而是陪着这些多年不见的老同学叙旧，我挽起袖子和他们心不在焉地划拳，一杯又一杯的啤酒灌下肚，仿佛这样我才能暂时分散自己的注意力，但我分明感觉到李东海那双眼睛时刻在注视着我。与此同时，我也感觉到另一双恶狠狠的目光正如穿心利箭般向我投射过来。这个时候我多想有个男人可以出现，替我喝下这该死的啤酒，然后把我吻到窒息，以便我能向她示威“我对你的男人毫不在乎”。可是我划拳又输了，又一杯啤酒下肚，我不得不一直品尝她的幸福带给我的致命打击。

后来李东海把我单独叫了出去，他裹着我给他织的围巾站在路灯下，眼眶泛红。

他问我恨不恨他，我摇了摇头。他拉着我的手说他其实挺恨我的，他始终弄不明白他怎么稀里糊涂就被我给甩了。我想我那时大概是疯了，不然怎么会舍得让他走。他还问我，如果他现在跟罗兰分手，我跟他会不会有以后。我摇头说：“太迟了。”

罗兰也不知道什么时候出来的，站在门口冷冷地看着我们。看样子她仿佛是听见了什么，前一秒还紧绷的脸走到李东海身边的时候立即刷新为笑脸。她亲昵地挽着他的胳膊，温柔地说道：“亲爱的，天这么冷，你们俩有什么事非得在外面说呀？”声音甜得腻人，让我觉得恶心。

“没什么事，就是里头太闷了。”我说完准备进去。

“等等。”罗兰明显盛气凌人，她把李东海的围巾摘下来，然后递给我。

“以后东海围巾的事我自己会织，用不着你来操心。”

李东海从我手里拿过围巾重新裹上，让我别往心里去。

“李晓，我们总会喜欢一些似曾相识的男生，比如他长得像小学二年级时喜欢的班长，中学时一起上课的邻家哥哥，抑或是大学时暗恋两年的大学老师。总之我们总会莫名其妙地陷入自己设定好的诱人陷阱里。这次，你跟东海没缘分，我就捡你剩下的吧。”

她一直坚称她比我更早认识李东海，他俩才是命中注定天生一对，我只是一段插曲。

李东海几乎暴跳起来：“什么叫捡剩下的？弄得你有多委屈似的！”

“没委屈，我只是想提个醒：别在我眼皮子底下暗度陈仓，我眼里可容不得沙子。”

“那你说清楚点。”他几乎是吼她。

“我们俩都在一起了，你为什么还三天两头给她发短信，钱包里还夹着她的照片，日记里全是关于你们俩的事情。我算什么啊？”

那一刻我有些恍惚，我觉得要是换作前几年，可能朝李东海吼的人不是罗兰而是我。我会埋怨他：“当初你说的那些山盟海誓都见鬼去了吗？”我想我也会朝罗兰吼：“就算这男人质量不好被我退货，也轮不到你来接盘！”

风吹过来刺骨的冷，以前这个时候李东海都会把他的大衣解开，把我牢牢裹在他的胸口。而我也会不怀好意地把冰冷的手伸进他的内衣里，冰得他尖声大叫。只是现在这种约会只属于罗兰，眼前的一切在提醒着我，李东海已经不再属于我了。李东海愣愣地看着罗兰，走到她身边把她揽在怀里。我的心碎得像玻璃碴，偏头痛隐隐发作，像旋转木马似的。

08
早知今日，何必当初

从那次聚会之后，我跟李东海就没联络过。我每天一个人窝在房间里装忧郁，我知道我跟李东海早就分手早该相忘于江湖了，可我看见他有新女朋友之后，反而更难受。我摸着手机一遍遍看着李东海的电话，我想打电话去问问他，这到底是为什么呀？那串11位的数字印在我心里跟烙铁似的，每次想起来心口就疼。我还半夜两点半徘徊在他家门口，我想敲门见见他，问问他是不是有什么身不由己的苦衷，或者他说自己只是找罗兰来客串下临时女友，以此试探下我对他的真心，其实什么也没有，他跟罗兰是清白的。我就浑浑噩噩的上班，吃饭，睡觉，失眠，流泪。我坐在沙发上抱着我们曾一起养的狗，我轻轻抚摸着它，看着它水汪汪的大眼睛和不断掉着的哈喇子，它看上去很开心，可为什么我那么难过？

后来有一回，我在电梯里跟李东海碰见了，他穿得人模狗样不知道要去干什么勾当。我站在他旁边，表情僵硬得像木乃伊。李东海不断撇过头来看我，然后终于开口问我："这几天你过得还好吗？”我看着他脖子上系着的新款针织围巾，那针法很漂亮。以前冬天他总是系着我给他织的围巾，不管我织得有多难看，他总是很开心地系着。他那时常说，如果他在意围巾的款式，那他直接去买爱马仕就好了。可是做爱马仕围巾的姑娘，不会有一颗爱他的心。那是我听过最好听的情话，仅次于莎士比亚的情诗。我死盯着他的围巾，冷冷说道：“没你，我也能活得很好。”撂下这句话，我走出了电梯。

我已经没有什么心思去照料一只狗了，我现在连我自己都照顾不好。我让我爸开车把狗给接回去让我妈养了，毕竟李东海早已忘了这条狗和我。

又过了没多久，罗兰就大模大样地搬进了李东海家。明为照顾李东海的饮食起居，实则怕我跟李东海旧情复燃。那时罗兰总是挽着李东海的手，大大方方地敲开我的门，不是约我一起吃饭就是约我一起看电影，一副不计前嫌的胜利者姿态。那时候我不是说今天没心情就是今天没胃口。我的确没心情也没胃口，我看着我的前男友跟我的死敌在我面前大秀恩爱，两个人走路的姿势就像走进结婚礼堂似的，只差没给他们放《婚礼进行曲》。

但是罗兰没事就爱领着李东海来我家溜达，说他们家东海有多心疼她，早上是把她给吻醒的。我看了眼李东海，想着他什么时候有过这么浪漫的举动。罗兰还说他们家东海对她特别舍得花钱，身上背的这包叫Miu Miu，好几千块。从那次之后，Miu Miu包取代了我的梦想，变成了我的终极目标，或者只有这样我才能刷出我在李东海心里的存在感。我又看了眼李东海，想着他以前对我可从来没这么大方，最多请我吃顿100块以内的烛光晚餐。李东海被我看得有些慌，他杵在那儿，经受良心的谴责和道德的审判。然后找个借口说自己拉肚子，等会儿再聊，便一去没了踪影。

罗兰继续在我面前滔滔不绝大秀两人的恩爱，这场景有些眼熟，我记得以前跟李东海在一起的时候我也是这样秀恩爱的。我当年到底给罗兰造成了多么大的心理阴影以至于她要这么回击我，难道这就是现世报吗?

“我当然知道李东海的好，毕竟他曾经过我这么一手。”我猛然回击。

罗兰显得有些尴尬，但也不慌不忙：“二手的也挺好，有些人连个二手的都没有呢。”

“是啊，所以我就负责替你们调教老公，什么性能啊，什么规格啊，什么使用说明和副作用啊，我都知道得清清楚楚。”我加大火力回击她。

“只是可惜啊，你知道得再清楚，还不是被别人给近水楼台先得月啊。”

我和罗兰的这次谈话又不欢而散。罗兰把我当敌人，我把李东海当罪人，我们三个就这样苟且地活着。后来我干脆连门都不想给她开。

我是在李东海跟罗兰在一起的时候，怀着一颗忧郁得像全世界人民都亏欠我的心情时认识陈真的，陈真说我那时候就像个忧郁的加勒比少女，他恨不得用完了满腔热血才把我捂活过来。

我跟陈真刚认识那会儿，罗兰特别亢奋。他那次来我家的时候，穿得有点酷，让人误以为是摇滚青年。他的声音很柔软，听起来很有磁性。可能因为工作的原因，他会偶尔翘个兰花指。罗兰取笑我找了个娘娘腔，口味变得有点快。她还特意把李东海叫了出来，隆重跟李东海介绍陈真是我的男朋友，结果被李东海白了一眼。她还兴致勃勃地向陈真介绍自己跟我是类似于“青梅竹马”“两小无猜”这种一起长大的好姐妹好死党好闺蜜。

罗兰是个典型的外貌协会钻石会员兼以貌取人的资深专员，趁着陈真出去接电话，她忙着嘲笑我品位有问题，这种娘娘腔性取向不明。李东海终于与罗兰站到统一战线，他说这种娘娘腔就是个变态。

我没想到，这两个整天在我面前快把我逼成神经病的人有一天也会开始关心我，但我丝毫不领他们的情。

陈真接完电话以后，说中午一起吃个便饭，他来做东。他还悄悄跟我说，在我朋友面前不能给我丢了面子，他今天的表现会直接影响我爸妈对他的评分。他还问我今天他这身打扮怎么样，这是他最喜欢的设计师品牌川久保玲。我点点头说他很帅，是我心目中的偶像，他高兴得几乎想抱着我旋转，我摆摆手没答应。

我们几个来到楼下的中餐馆里，刚找个位置坐下来，我就发现罗兰和李东海正虎视眈眈地盯着陈真。他们倒不是担心他点的菜不合胃口，而是想知道他是如何走进我的生活。

“你是怎么认识李晓的？”

“你是干什么工作的？”

罗兰和李东海几乎不约而同地发问。

我笑着打圆场，对陈真说：“我的朋友们比较关心我。”

“我是化妆师和搭配师，常年要出国拍大片和给模特化妆做形象搭配，不过这两年主要向本土发展。”

罗兰听得有点呆，李东海听得有点不耐烦。

“我是问你怎么认识李晓的？”李东海又重复了一遍，这口气就像老丈人盘问未来女婿。

“当然是工作认识的啊。我平时很忙，交际圈很小。我觉得李晓是个不错的女孩，人又漂亮又能干。”

“那你一个月能挣多少钱？”罗兰开门见山地问。

“这个不好说了，我们的工作性质是不固定的。”

“那到底能挣多少，平均值？”罗兰又问。

我们永远喜欢张口就问熟人你一个月多少钱，从来也不会主动去问他，你喜不喜欢这份工作。这就好比，我喜欢你，但我一无所有就没资格去喜欢你，我一个月工资足够养活全家才会有那么点资格去谈场恋爱。我太了解罗兰了，对她来说，幸福指数职业高低都不会比年总收入来得实在，一种情感上的价值观认可是比不过账单上醒目的数据的。

“你别跟审犯人似的八卦人家的隐私，他就是我的一个普通朋友。”我对罗兰说。

“都是从普通朋友开始的，问问而已。”

“其实我工资也没多少，现在出场费也才两万多。”陈真笑了笑。

陈真说完以后，我发现罗兰的脸色特别不好看，她家那李东海现在的工资才两千多，差了人家将近十倍。李东海冷冷地盯着我，那眼神在暗示我厚颜无耻地傍了一个大款。天地良心，我们真的就是普通朋友。陈真那时刚离婚，我压根不想当被人唾弃的第三者。

罗兰扯了扯李东海的袖子：“你看看人家陈真，再看看你，赶紧回去给我奋发图强。”

从那天吃完饭以后，李东海看陈真的样子，简直就是情敌见面分外眼红。好在罗兰再也没有领着李东海跑我家来走秀，晒他们之间那些恩爱历史了。

罗兰坐在我病床前像碉堡似的，让我有空陪她去挑婚纱。

我终于在罗兰的幸福语调中回到这冰冷的医院里。青春不能想，一想就会忍不住流泪唏嘘。

“你们俩谈了这么久的恋爱，也是该有情人终成眷属了。”缓过神来，我坐在医院的病床前，看着罗兰和李东海。时间是一剂最好的良药，可以让太多的东西释怀，嫉妒、仇恨、爱情，都抵挡不了时间的稀释。

罗兰说：“婚姻脸上非但没有擦掉‘财产’这块污渍，又多了‘爱情’这块泥巴。”

“两个人在一起，哪儿还分你的我的呀。”李东海补充道。

罗兰倒是不依不饶：“那可不一样，我都是捡别人用剩下的，谁知道还剩多少在我这里？”

李东海忍着不发作：“你还没完没了了？”

罗兰碍于在我的病房，跟我说了声今天心情不爽，改天再来看我，便扭头就走了。李东海气得牙根痒痒：“李晓，你能明白我的处境了吧？这都多少年前的馊饭了，还拿出来炒。”

“别抱怨了，赶紧追去吧！”

“要早知道会这样，我又何必……”李东海没再说下去，赶忙追了出去。

走廊里传来喧哗的吵闹声。听着像是罗兰的声音：“早知今日，何必当初。这么多年了，你还念念不忘。趁着现在男未婚女未嫁，赶紧跟她表白去。李东海，早知道你是这种人，老娘干吗跟你在一块儿？我不是近视，就是眼瞎……”

声音越来越远，越来越模糊……这妞什么都好，就是不能跟她提李东海，她的李东海就是圣母玛利亚，被我这个无耻败类亵渎过那么一次，这辈子在她心里的某个小小的角落都跟我结下了梁子。

09
罪魁祸首

我跟罗兰的梁子越结越深。姐妹情再深，还是为了男人而纠纷。

我忘了有多少次，李东海偷偷打电话给我诉说冤情，哭诉罗兰给他的生活带来了巨大的副作用。有好多次，我是当着陈真的面接起电话。

陈真每次都吃飞醋："唉，李晓果然紧跟时尚潮流，跟前男友时刻保持密切联系。"

我每次也就顺着他的话说："这年头，谁还没个前妻前男友的当垫背啊。"

每到这个时候，陈真总是纠正我："我跟前妻已经井水不犯河水，而你跟前男友还在藕断丝连。"

我每次都丢给他一记白眼："别胡说，我这是给人当家庭调解员，帮忙调解一下家庭内部矛盾。"

"那你不去当大法官或者居委会妇女主任简直就是浪费人才啊。"

李东海把我约到酒吧里，他一口气喝了一整瓶酒。接着我从李东海口中得知，罗兰这几天对李东海进行严打，一心想抓住他的反革命现行，就对家里进行大搜查，结果查出一堆我曾经留下的围巾、袜子，还有不知从哪儿冒出来的女人内裤，差点儿没把罗兰气疯。

“谁叫你不把这些东西给处理掉的？对了，那女人内裤是谁的？”我一脸坏笑。

“我怎么知道？”李东海又喝了一口闷酒。

“得得得，我不逗你了。那后来呢？”

李东海继续说道：“后来她把我的手机翻了个底朝天，查我最近跟哪个女人有通话记录，看我给谁发了短信，短信的内容是什么，还把我手机相册的所有照片全都翻了一遍。她还登录我的网络账号，把我跟你以前的照片删个精光。”

“罗兰跟我一块儿长大，我太了解她了，是她的作风，她没把房子给你点了你就谢谢她吧！”

“我快被她弄成神经病了，我现在一点儿隐私空间也没有。你还记得上大学时你那个138的号码吗？我没删，上面存的名字是亲亲宝贝。”

“然后呢？”

“然后她暴跳起来，一个劲地问我亲亲宝贝是谁，她还把那个号码给拨过去了。”

“你没告诉她那个号码是我的吧？”

李东海冷笑了声：“她看完号码问我这个是不是你以前的号码，说我这么长时间都忘不了你……”

“你也真是的，那么久的号码留着干吗？”

“你管我啊？”李东海朝我吼道。

“得得得，我不管你了，你自己自生自灭得了，别以后你们小两口有点儿破事就来找我。我李晓也是有主的人了，瞒着男朋友出来跟前男友在酒吧喝酒，说出去总不是一件占理的事。”我拿着外套就要走。

“晓儿，你就帮我一次。”李东海紧紧拉住我。

“让我帮你什么呀？当初你俩跟两只相亲相爱的小蜜蜂似的整天来我家‘嗡嗡嗡’，我当初没拍死你们就不错了，怎么这么快就过完蜜月期了？”

“晓儿，你就算看在罗兰跟你是好姐妹的分上，帮个忙呗。我可告诉你啊，罗兰要再这么继续闹下去，我保不定哪天就跟她分手。”

“哟，你还出息了，你们俩分手还能威胁到我？”

当初他俩刚好上的时候，我就觉得我的人生彻底被雷给劈成两半。我抱着他唯一留在我家的那件衬衫哭得差点儿背过气去，不管什么牌子的洗衣机也洗不掉我对他的记忆。那阵子我妈小心翼翼地伺候那条狗和我，有次她不小心问我李东海最近怎么样了，我只是冷冷地回了句：“死了。”

“你到底帮不帮？”

“你得告诉我到底是什么事，我看看能不能帮。”

我又一次心软了，其实每次见李东海的时候我都有种莫名其妙的熟悉感，不，更确切地说是一种近乎亲情的感觉。如果有一天我万劫不复身陷囹圄，他一定不会不管我。但每次跟李东海越是亲近，我对陈真的内疚感就越强烈，不管我和李东海再怎么坦坦荡荡不越雷池，至少，我好像精神出轨了57%。

李东海让我帮罗兰找份工作，最好是能进我们公司。他说，自从得知我进了著名广告公司，罗兰的心态就一直不平衡。后来我又找了个有点钱的男朋友，罗兰在她妈面前几乎就抬不起头。她是有个男朋友，据她说，还是我用剩下的。

说真的，这个忙我不想帮。从小我和她住同一幢楼，小学读同一个学校，高中念同一个班级，好不容易找男朋友了，前后还是同一个人。终于工作了吧，她还想步我的后尘。我们俩就是一对孪生姐妹，非要斗到至死方休。

“你怎么不找钱多多啊？她们公司最近好像在招人。”

“找了，她们公司还剩一个前台的岗位，罗兰去看了看，没看上。”李东海叹了口气。

“前台怎么了？有多少大人物就是在类似于前台这个平凡的工作岗位上干出不平凡的成绩的。”

“罗兰眼高手低，你又不是不知道，脏的、累的、待遇差的工作一概看不上，她总觉得自己满腔抱负无处施展。整天待在家里胡思乱想，把我的生活弄得鸡飞狗跳。晓儿，你就帮帮这个忙吧。”

我点了点头，说去试试看。后来李东海喝醉了，我把他给扛了回去。没想到罗兰堵在家门口，眼睁睁地看着我把李东海扛到床上，也不上前帮忙。她还阴阳怪气地说：“哟，又跟前女朋友鬼混回来了。”

我看着罗兰觉得她特别陌生，她每天蹲在家里守着李东海就这样守了一年，不发神经才怪。况且，这年头，前男友前妻旧情复燃的事情时有发生，换成我，也会更年期提前。

为了把罗兰弄进我们公司，我在我们主管那儿软磨硬泡把罗兰的能力捧上了天，陈真是老板眼前的红人，我又让陈真在老板面前为罗兰多多美言，最后终于把老板拿下了。为了掩人耳目，还特意安排罗兰进行了笔试和面试，这样才算真正进入公司，入职以后的一切全部按流程化进行。

其实，出于私心，我一点儿也不希望罗兰跟我的工作有什么关系，但我还是鬼使神差地帮了。陈真当初看我那么卖力地为罗兰谋工作，他很疑惑，问我为什么还要跟他们扯上关系，明明我可以生活得更好。我不知道我是发哪门子的慈悲，大义凛然地跟陈真说："人是有感情的动物，一个是爱过我的人，另一个是陪着我一起长大的人。我希望他们也可以过得很好。"我想那时的陈真一定觉得我是个善良天真的小姑娘，所以他才那么卖力地帮忙推荐罗兰。后来我才知道，压根不是。

罗兰即将入职的消息传遍了我们曾一起玩耍过的那幢楼。罗兰妈有一回遇见我妈，昂首挺胸得意扬扬："我女儿面试成功进了著名的广告公司啊，我记得当初你女儿进这公司还是你到处托关系的吧？"我妈是一个要面子的人，听我爸说，因为这件事，我妈气得一整天没怎么吃东西。

罗兰第二天要入职，李东海当天晚上打电话约我们几个一起吃螃蟹。

我坐着陈真的二手两座车赶去饭局，结果路上堵成了便秘。陈真一边耐心地等着前面车子的移动，一边摸我是不是系了安全带。

"据我观察啊，罗兰那性子太争强好胜了。以后一起共事，你们俩可别打起来。"

"放心吧，她一直把我当成假想敌，但我从来没把她当过对手。"

"哟，什么时候这么通情理了？"

"她什么都喜欢赢，一旦她比我差了一点儿，回家就得被她妈开各种批斗会。我没事，我从小脸皮厚，我妈批斗我的时候我经常'左耳朵进，右耳朵出'，权当没听见。"

"我就是怕你以后吃亏。"陈真摸了摸我的脸。

"吃亏？不会吃亏，这不有你陈大总监罩着我嘛，谁敢给我亏吃，炒他鱿鱼。"我跟他耍贫。

"就是，陈总监会罩着你的。"他又不怀好意地摸着我的大腿。

我伶俐地掐了把他的手，他很快把手缩回方向盘，车流也渐渐动了起来。

我们赶到吃饭地点的时候，李东海和罗兰已经到了，旁边还坐着钱多多。

"多多，最近忙着勾搭哪个男人？"我有挺长时间没看见她。

这时的钱多多还是单身，我每次看见她形单影只的总忍不住调侃她。

"我可没空勾搭男人，我忙着挣钱养家貌美如花。"

"哟哟，我看看，这气色是不错啊，你脸上抹了多少层雪花膏啊？"

"李晓，你就见不得姐姐我好是吧？肤白貌美，有好男人赶紧给我介绍。"

我手臂撞了撞陈真："听见没？赶紧给我们多多姐物色个好男

人，她下半生（身）的幸福我可全交给你了。”

陈真被逗得乐了：“好好好，绝对给多多姐介绍个英俊帅气的小伙。”

我还凑到陈真耳朵边说道：“多多姐喜欢年龄比自己嫩的。”

“李晓，那我就等着你们给我介绍的小男人。”多多掐我大腿，疼得我龇牙咧嘴。

陈真点头应允，后来果真给多多找了一个小五岁的男友，就是那没断奶的王金。

螃蟹端了上来，我们几个正摩拳擦掌准备飞舞着爪子。罗兰提议敬我们大伙一杯，我看着罗兰豪情万丈的模样，心想：罗兰又有阵子可以神气活现了。

我们端起酒杯一饮而尽，由于我先天性酒精过敏，以茶代酒干了。

刚准备起筷子，李东海说：“罗兰这次能够顺利面试过关，还真是多亏了李晓。晓儿，来，我敬你一杯。”我正忙着抢锅里的大螃蟹，我让陈真替我把凉白开给喝了。谁知道李东海还不依不饶，非拉着我碰杯才算完。

这会儿罗兰可不干了。她冷言冷语地说：“这事怎么又多亏李晓了？我是自己经过笔试面试层层选拔脱颖而出的。李晓能帮上什么忙，她就一个小职员。”

罗兰这小嘴可真跟小刀片似的，还没开始上班就已经要给我下马威了。这年头有几号人物生来就是大boss。我又不是乔布斯，生来就是为了改变世界的。

“不靠李晓，你连这次面试的机会都没有。”李东海纠正她。

“是是是，多亏了李晓我才有这次的面试机会。但是，我能入职靠的是我自己的实力。”

“你有什么实力？”

“李东海，你是不是有点瞧不起人了？我罗兰怎么就没这个能力进这家公司了？”

李东海跟罗兰两个人打着嘴仗，我和多多的嘴可没闲着，难得李东海这只铁公鸡请客，我怎么着也得吃回我的老本。陈真凑到我耳边：“咱们之前为她入职的事忙死忙活，到头来，人家还真觉得自己是过五关斩六将进去的。”

“我告诉你吧，她从小就这样，我都习惯了。吃吃吃，不然就没了。”我继续投身到肢解大螃蟹的队伍里。

与其说我是习惯，不如说我已经漠然。我懒得再去讨嘴上便宜，还不如吃进肚子里的螃蟹实在。

多多一边啃着螃蟹一边小声跟我们说：“上次罗兰也来我们公司面试了，不是她瞧不上那份工作，是老板觉得她不够踏实，直接就pass掉了。”

陈真突然间明白点什么，帮着我一起剥螃蟹。

酒足饭饱的时候，罗兰提议蹭我们的车。她说：“认识陈真这么长时间，连他开什么车都不知道呢。”我的表情有点僵，不知该如何委婉地拒绝她。没想到这个时候多多也凑了过来，说要不她也来蹭蹭，一车5个人刚刚好。

“不好意思，我的车是两座，恐怕……”

我向天保证，陈真的语态绝对只是陈述事实，毫无半点炫富之意。他连车的logo也巧妙忽略，只说是两座车，这足以证明他够低调了。

所有人都面面相觑。

我觉得陈真你买个二手车也就罢了，为什么偏偏要摆阔买个浮夸的两座车。

“不是Smart？”罗兰小心翼翼地问。

“就对面那辆车。”陈真朝对面指了指。

我都不敢看罗兰的表情，她的脸色很快变得五彩斑斓。我知道，回去之后，罗兰又该臭骂李东海是窝囊废，连辆上得了台面的车也没有。

可是，面子是别人给的，日子终归是自己过的。

一群人刚好散伙的时候，罗兰突然对我说："李晓，我谢谢你啊。"

我总觉得她那句谢谢怎么跟抽我两巴掌似的。

10
39摄氏度的爱情

我住院这阵子陈真仿佛是人间消失了一般杳无音讯，我一直打陈真的电话，不是关机就是不在服务区。我想着他现在正跟他的前妻在一起，离婚四年他们仅见过两次，但这个简单的数据并不能磨灭掉他们十年的同床共枕，他们曾海誓山盟，风雨同舟。尤其是到了晚上的时候，我不停地打电话给他，想着他是不是正在跟前妻在一起，他们是不是正秉烛夜谈，畅聊他们共度的美好时光。我在焦虑中辗转反侧，打开手机，不断登录所有的社交网络寻找他的蛛丝马迹。

黄达从茫茫人海中朝我走来，关心我爱吃的食物和蔬菜，在我空虚寂寞冷的时候恰到好处地出现，畅聊他的人生奋斗史。那些平凡中的小故事，便成了他通向我的世界的免签护照。黄达好几次来医院看我，都被我妈逮个正着。我妈不止一次地提醒我，不要跟与自己档次不一样的人在一起，我知道她指的就是黄达。

黄达的经济条件一般，大学毕业后跟朋友开了个咖啡馆，没撑住一年，老本全赔进去了。后来他又叫了几个同学一起搞了个工作室，但效益不好，不久大家又散伙了。现在自己又开始折腾起面馆，这几年下来生意渐渐有了起色，倒也还算红火，他还练就了一手的好厨艺。现代人吃腻了没营养的速食快餐和垃圾食品，真的有个做厨子的男朋友，以后就有口福了。他最大的爱好是旅游，穷游过很多地方，他说希望有一天可以带着心爱的女孩去斯里兰卡进行爱情朝圣之旅。

我出院那天，我爸奔波在医院各幢大楼之间给我办出院手续，还跟治疗过我的医生一一告别、致谢。我妈一大早就来了，一边给我各种收拾，一边嘴上念叨着："你爸今天赶早去买了新鲜的鲈鱼，说中午要给你露一手呢。小祖宗，你看看你还想吃点啥？"

"你们做什么我都喜欢吃，哪怕里面放了砒霜。"

我妈横了我一眼，用手戳了戳我的太阳穴："你啊，就是狗嘴里吐不出象牙。"

"没办法，谁让我像您呢，是吧？"

我妈两手一叉腰："李晓，我告诉你，以后再敢这么讽刺你妈，我就让你爸死给你看。"

"可别，我可不敢。"

"你有什么不敢的呀，这些天跟那个送外卖的小伙子混得挺熟，胆儿都变肥了。"

"哪儿有的事。况且你这个架势，哪个女婿受得了。以后我要是真嫁不出去，你千万别赖我。"

"你呀，还真是没良心。现在这些小伙子滑得很，我能不帮你把把关？你看那个陈真，平时对你爱得是死去活来，可现在你需要他的时候，靠不住了吧！关键时候，你还是要靠着你妈我。”

“行行行，我当然得仰仗您了，谁让我是您生的呢。”

我妈听我这么说，满嘴乐呵呵的。平时我没少跟她贫嘴，气得她动不动就让我爸死给我看。

黄达也赶来了医院，帮着我妈一块儿收拾东西，然后陪着我爸一起帮我办出院手续。我提议让黄达上我家吃午饭,不料却被我妈白了一眼，黄达也很识趣地说自己中午约了别的朋友。

黄达绝对不是我妈心目中准女婿的人选。她总是害怕在别人眼里显得不成功，害怕自己的女婿赶不上邻居老王，害怕晚上去打牌没有攀比的筹码，害怕我婚后的日子穷困潦倒。她对那些追我的男人丝毫不感兴趣，她唯一感兴趣的是那些男人中有没有人可以承担起我下半辈子的吃穿用度，而且不会中途要求退货。

但黄达还是变成了我的追求者之一。他比我大两岁，却有一颗少男心。他大度脾气好。他约我看电影，我告诉他我要加班，结果我和朋友一起走进了电影院，发现不远处坐着的就是他。我知道谎言被拆穿会很尴尬，想赶快溜走逃之夭夭，不料他微笑着朝我走来，假装很碰巧地说：“原来我们喜欢相同类型的电影，下次能不能一起看？”他谦和有礼貌。他早上给我送奶茶三明治，结果我正在啃胖子给我买的蛋黄包。他不说我的吃相很难看，反怪自己不知道我早餐的喜好，问我蛋黄包配咖啡会不会喜欢。他有韧性不气馁。即使被我拒绝，脸上依然跟加州的阳光一样灿烂。有时被我骂得狗血淋头让他以后再也别来烦我了，他晚上照样跟没事人一样提醒我“明天会下雨，记得要带伞”。

他就是一杯温和的开水，压根补充不了我营养失衡的生命。

出院后的第二天，我准备上班了，再不上班，就该光荣下岗了。

天气真好，但我依然忧郁。上班的路上，我渴望陈真能从三亚给我来个电话，至少让我知道他的死活。就算他想跟前妻在三亚做一对神仙眷侣，至少给我来条分手短信，也好让我对他死了这份心。

前面迎来了一辆蓝色保时捷，开这种车的人一般都是披着慈善外衣的艺术家、古玩领域先富起来的专家、拥有私人飞机整天飞往纽约意大利的高级商人、经常上《时代人物周刊》叫嚣房价没泡沫的房企老板、绯闻缠身上头条的煤老板继承人、整日高歌环保低碳却拎着鳄鱼手提带的时尚政客……简单来说就是有钱人。他们所到之处总能引起小范围的骚动，倒不是因为他们长得有多么俊美或者衣饰有多么考究，人们专注的是他们车子的颜色、车牌的号码、副驾上坐着的是人还是宠物狗。而我死死地盯着驾车的人，总觉得这个满脸横肉的老男人在哪儿见过，旁边坐着个长发飘飘的妞儿，背影看上去像极了罗兰。

有阵子没来单位，我的光荣事迹倒是被人们传开了。有的版本说我抛弃深爱的未婚夫，要对救我一命的外卖男以身相许。还有的版本说我被陈真甩了，然后饥不择食选择了一个穷酸的外卖男。总之就是我被人给甩了，和外卖男相亲相爱了。我很荣幸我又回到这片谣言滋长的沃土，继续上演各种宫心计。

罗兰跑来关心我："怎么今天就来上班了？干吗不多休息一阵子啊？"

"没事，休息得够久了，我也该出来放放风了。"

我没精打采地走到座位上，办公室里传来阵阵窃窃私语声，我戴上耳机权当没听见。

黄达知道我今天上班，特意给我做了咖喱牛肉送来。他今天穿得很阳光，一件白色的T恤配一条牛仔裤。他走到我们办公室的时候，有人还故意提高分贝喊道："李晓，你心爱的男人给你送外卖来了。"

黄达站在办公室的门口朝我望着，丝毫不介意有人投来异样的目光。

我拉着喘着粗气大汗淋漓的黄达往外走："我说了让你不要再来给我送外卖，免得自取其辱。"

"追你又不是什么见不得人的事！你明天想吃什么，我给你做。"

他哪里知道，罗兰就是要羞辱我，她要看见我狼狈的一面，要看见我在爱情里栽个恶狠狠的跟头。不然凭我这种姿色，到底给陈真灌了多少迷魂汤，让他锲而不舍地追了四年呢。

唉，女人的世界尔虞我诈通常都是为了男人。

"麻烦你能不能别总是昭告天下你有多喜欢我？"

黄达低头不语，我分明看到他额头上沁出的汗水在往下掉。

"你怎么不说话了？"

"我在想一会儿坐哪路公交车回去。"

"那你今天怎么来的？"

"跑来的，车坏了，外卖味太重不能坐公交车，又怕你等久了会饿……"

"我求你以后都别来打扰我的生活了，行吗？我中午吃食堂，不会因为少吃了点维生素A就营养不良。下班以后我很忙，追求我的男生很多，我不会没人陪我看电影。早上起来我时间很紧张，根本没空去理会你发来的天气预报。周末我的时间根本不够用，要陪我妈逛街，陪我爸钓鱼，还要带我家的宠物狗遛弯……"

他转身走了。

此时已是正午，室外温度39摄氏度。

我不知道自己是怎么回到办公桌前的，只觉得心里很酸。28年来，我一直遵从着我妈教我的那套教条主义的思想，以唯物质主义为基础的爱情才是婚姻的有力保障。可这个世界上，不是随便都能遇上一个人，对我千依百顺，舍不得我受一丁点儿委屈，而那个人还与我毫无血缘关系。有的人打着爱情的幌子到处占女人的便宜，而他打着追求者的旗号仅仅只是为了让我开心。

现在漂亮的姑娘那么多，身材一级棒的又不少。究竟还有几个男人真的会"你若安好，便是晴天"？女人找个男人不就是让自己活得更好吗?

罗兰敲了敲我的桌子："你不会真看上了那个外卖男吧？那你的品位还真是越变越差了。"

"就算你不喜欢人家，难道你还能剥夺人家喜欢你追求你的权利？不过话说回来，他对我还真是挺好的。"

"挺好的？陈真难道对你就不好了吗？不要有个男人对你好，你就立马接受。你有没有想过，如果有一天他对你不好了，那你还剩下什么？"

"他跟陈真是两种截然不同的款式，陈真像是被过度包装的艺术品，而他则像块未经雕琢的璞玉。"

"你还真当他叫得出几个菜名就能当西班牙餐厅的厨师，听两首小夜曲就有艺术情操，买得起川久保玲就能摆脱掉浓郁的乡土气息？”罗兰提醒我。

可是黄达至少会关心我过得开不开心，而陈真已经不管我的死活了。

11
两条平行线

陈真终于从三亚回来了，一如既往的人模狗样容光焕发，我特怀疑他在三亚滋润过度。我没有像以前那样去机场接他，而是坐在家里等着他亲自登门道歉，并奉上他悉心为我准备的礼物，作为我的精神损失费。我把家里收拾得一尘不染，因为我知道陈真是个轻度洁癖患者。我穿着他给我买的真丝睡衣，喷了点Jo Malone Red Rose香水，家里熏着他最喜欢的精油。我听着欢快的音乐，做着面膜，翻阅着史蒂芬·金的小说。这个夜晚真是静谧而美好。

门铃响了，我以为是陈真回来了，没想到却是黄达。

他皮肤黝黑，穿得像个民工，身上背着个IT男专属双肩包，站在门口喘着粗气。

“大晚上的，你有什么事啊？”

“我看时间还早，估摸着你还没睡，我就赶过来了。”

“找我有事？”

“这个给你。”他从包里拿出一个包装得还挺精致的盒子递给我。

我接过来，打开一看，是一个银镯子。

我记得我唯一一个银镯子还是祖奶奶她们那辈传下来的，当时我爸妈给我的时候，庄严得跟仪式交接一样。我还问我爸妈："这祖传的宝贝肯定不止就这么一个银镯子，肯定还有点什么瓶瓶罐罐，祖奶奶的银簪子什么的，你们再好好找找。"我妈瞪了我一眼："你这个白眼狼又掉钱坑里了？好好保管着。"我嫌这镯子难看，也不知道塞到哪儿去了。自从我这个败家子把那传家之宝弄丢了之后，我都没脸去见列祖列宗。我住院那阵儿跟黄达聊起过这镯子，没想到这小子还挺上心。

"跟你们家祖传宝贝像不像？"

"有那么点像，反正款式都挺土的。"

黄达便不再说话。

"谢谢啊，有这镯子至少我又能坑蒙拐骗一阵子。你不知道，我爸妈要知道我弄丢了，非把我拖出去枪毙了不可。"

黄达腼腆地笑了笑。

"谢了啊。要不要进来喝杯咖啡？"我觉得这话特别适用于男人半夜送姑娘回家，不怀好意地问："要不要我上去喝杯咖啡？"但我当时真没多想，只是觉得家里一堆白咖啡、越南咖啡、国产咖啡，再没人帮我处理掉就只能让垃圾筒来处理。

但我发现黄达的脸通红，连耳根都已经红透。他低着头跟我说了声"再见"，便走了。

我还傻傻地看着他的背影，那样子仿佛在娇嗔地说："客官，慢走……"回到房间我才发现自己穿着低胸蕾丝睡衣在门口跟他高谈阔论，感觉像在商议今晚的服务费。我把脸埋在被子里，丢人算是丢到了西伯利亚。

我从来没有在早上八点前睡醒过，我觉得我是个精致优雅的睡美人。可一大早我就被钱多多的电话吵醒，我睡意还未褪去，眼皮有点重，脑袋有点疼，闭着眼睛接她电话："喂……"一听就是典型没睡醒的声音。

"你们家陈真是不是回来了？"

"是啊。昨晚应该就回来了吧。"

"他昨晚大半夜把我家王金拉出去喝酒，我看他脸色好像不太好。你们是不是吵架了？"

"他人我都没见着，能吵什么架？他去三亚鬼混我都还没来得及跟他算账呢。"

"那就好。"

"多多你就别瞎操心了，管好你自己的那位小白脸，别到时候煮熟的鸭子给飞了。"

挂了钱多多的电话，我睡意全无。

在公司里我看见了Bella，她依旧穿得那么风骚，我仔细打量她，依旧是紧得让人窒息的深V，裙子短得让人不敢喘气，依旧是15厘米的细跟高跟鞋，依旧是烈焰红唇，依旧是割过双眼皮的电眼和过分粉刷过的脸，还有被精心装饰过的镶了粉钻的指甲。但与以前不同的是，她那带着几份狐猸的气质，多了几分从容和优雅、自信与笃定。

Bella扭着小蛮腰扔给我几个三亚的水果，有个还坏了，说是陈真专门给我带回来的。然后怪怪地看了我几眼，冷笑着扭着小蛮腰走了。要换以前，她会装模作样地对我说："Boss对你可真好啊，我都羡慕死了呢！"

我有种大事不妙的感觉，陈真那斯文败类该不是真的看上她那32D的胸了吧！

我看着Bella的背影，心又猛地一紧。我不知道陈真带她一起去三亚见前妻是不是好的结果。如果陈真单独去见他的前妻，他们一起喝着红酒，在客厅里缅怀过去，随着酒精的挥发，一点点缅怀到阳台，缅怀到卧室……可是带上Bella去，即使他没有太多的时间陪前妻共度春宵，但谁又能知道他会不会可怜Bella失眠，陪着她一起数星星看月亮？我越想越觉得后背发凉。

陈真来接我的时候已经是下班时分，他约我晚上一起吃个饭。他替我打开车门，我钻进他的车子，他替我系好安全带。一切按部就班，就连晚上去哪个餐厅吃饭，一会儿坐哪个位子，他会点些什么菜我都知道得清清楚楚。

因为他永远只迁就我的喜好，对他自己的事情则一概不提。他知道我喜欢环境复杂但菜品单一的冷门餐厅，他也知道我喜欢靠窗的位子，他更知道我爱吃清淡的素菜，从来不会去点一些赋予了诗情画意的名字但却不知道是什么食材烹制的菜品。他知道我爱吃菲力牛排，但只吃离家不远拐角那家店的牛排，他也知道我爱喝金桔茶，但也只有"外婆家"（一家餐厅的名字）的金桔茶能让我喝出童年的味道。他更知道我偏爱"花语餐厅"是因为我们第一次约会就是在那儿。但是我从来不知道他的喜好，我不知道柠檬汁与红酒他更喜欢哪样，我不知道他是否真的和我一样那么爱吃杭帮菜，我不知道他是喜欢靠窗的位子还是偏爱能抽烟的公共区域。我只知道他有个前妻在三亚，至于他们之间究竟发生过什么，他们离婚的真正原因是什么，我一概不知。

想到这儿，我开始害怕旁边这个男人，他知道我的一切，我的工资，我爸的工作，我家的门牌号码，我妈新养的宠物……在他面前，我仿佛像个赤身裸体的人，我没有底牌，底裤也快被他给扒了。

而我又知道了，他下飞机后最先找的人不是我，而是他的死党王金。

菜点好之后，他笑着看向我："送你的水果好吃吗？"

"你干吗不亲自来送，我才不要看见那个趾高气昂的Bella。"

"Bella的能力很强，没有你想象得那么糟吧！"他喝了一口水。

"是啊，她当然在你面前温顺得像只Hello Kitty。"我醋意大发。

今天整个餐厅里的人都不多，服务员很快就给我们上齐了菜。我看着这一道道熟悉的菜，并没有什么胃口。

"你去三亚不只是工作吧？"我问陈真。

"什么意思？"

"你难道就不会顺带做点儿别的事？比如跟前妻缅怀下过去，跟Bella展望一下未来呀？"

"你今天到底是怎么了？"他放下筷子，抓着我的手问我。

我把手抽了出来，向他说道："我就觉得你吧，一点儿都不够爷们儿……"

"爷们儿……"他的口气很快缓了下来，近乎哀求似的道，"晓儿，你要体谅我的工作，你不可能要求我每天既能大把挣钞票，又能抽出5个小时陪你喝咖啡。既要有巴洛克的奢华，还要兼顾浪漫主义情怀，这样我太累了。"

"你当然累了，既有前妻的纠缠，又有女助理的投怀送抱。我这个无理取闹的女友，你更是穷于应付。"

"够了，你越说越不像话了。"他看起来有些激动。我不知道是不是"前妻"这个反复出现的字眼刺痛了他。

看着他朝我吼了过来，我这牛脾气也跟着上来。

"到底谁比谁大十岁？凭什么我就只能坐以待毙等着你来选择？你周游在几个女人中间，按喜好来制订今天进攻的目标、明天逃跑的路线。你年轻时追求你前妻采用的各种把戏，放到我的身上进行历史重演。你当然会把我当成女儿一样宠着，因为你喜欢看我撒娇的样子，这样你会以为你跟我一样年轻。但你同时希望我足够听话足够懂事，最好对你前妻那点儿破事只字不提，对你跟你的Bella之间的奸情最好睁一只眼闭一只眼。"

我用到"奸情"这个词汇，对陈真进行大肆讨伐。

他沉默很久，然后很绅士地提出来："这样吧，我今天先送你回家。"

听他这么说，我怎么感觉是这条大尾巴狼要藏不住了呢？姑娘我眼又不是瞎的，想让我嫁给你，当然先把你身边那些小花小草给铲除干净了。

他拉着我往餐厅外面走，我甩开了他。

"我不需要你送我，压根就不需要。"

我满眼怒火地看着他，此时的我，在他眼中无非就是一个无理取闹的泼妇。

“那你到底想怎样？”他有些不耐烦了。

“我只想知道那次你明明说了你从三亚回来的，可为什么就没回来，我甚至连你的电话都打不通。”

他坐了下来，沉默了许多，缓缓地说：“她，生病了。”那几个字仿佛有千斤重，我似乎看到他对她的爱意丝毫没有消退，反而在与日俱增。

那一刻我的确是吃醋了，我气得要命，气得满腔怒火不知道该找谁去发泄。但仔细想想，她这个快四十岁的单身女人生病了，竟然对她又生出一丝怜悯。

“生的是什么病？”

“也不是什么大病，医生说养养就没事了。”

我真是气不打一处来：“所以，你在三亚陪了她好几个月？”我想起几个月前我出车祸躺在医院里，我的腿打着石膏，我每夜因为疼痛而失眠，我疯狂地拨打他的电话每次得到的都是关机的答复。而口口声声要我嫁给他的这个男人却陪在他的前妻身旁。多么可笑。此时我突然想起我妈说的话，要是我真出点什么事，怕是真的指望不上他了。

他低头不语。

“那你至少给我个电话不算过分吧！”

“她那阵子状态非常不好……”多么脆弱而没有底气的回答。

或许他所谓的追求我四年的时光压根比不上他们共度的十年春宵。在现实面前，我的爱情显得那么微不足道。即便我们也曾经历过生死相许、患难与共，他终究还是更看重他的前妻。

“所以你没日没夜地陪着她，片刻不停地护着她，你既然那么舍不得她，那么放心不下她，你还回来找我干什么？”我像疯了一样朝他吼着。

他愣住了。起身又去接了一个电话，听那声音我猜是Bella打过来的。

我站在原地，脆弱得像一件水中漂浮的破衣裳。我开始恶心眼前这个男人，恶心他对我假模假式的关心，恶心他曾说过要对我好一辈子要娶我之类的话。

“李晓，我现在有点事需要赶紧回去一趟。要不我先把你送回去吧！”

“不需要！你赶紧去找你的Bella吧！反正不管是前妻还是情人，她们的分量都比我要重得多！”

“李晓，你能不能体谅我一下？”

“我体谅你？那谁来体谅一下我呢？”

此时此刻，我觉得自己就像一个深宫怨妇。

“那你整天跟李东海打着情义千斤的旗号藕断丝连，有没有考虑过我的感受？他有什么事你都有求必应，甚至帮罗兰找工作这种事你都能答应。李晓，你到底知不知道什么叫己所不欲，勿施于人？”

陈真冷冷地转身把账结了之后，径直开着车离开了。就连一句让我“回家小心”的话也没有，他就这样把我扔在我们经常一起吃饭的餐厅里，让我对着满桌子的食物泪流满面。我知道我这次玩大了，估计我刚才所说的每一句话，都有可能成为他要跟我玩完的呈堂证供。

是啊，谁的心都不是太平洋，装得下所有不堪的回忆。

我大口大口地吃着东西，但是眼泪这玩意儿还是没完没了地流。我不止一遍地告诉自己：李晓，没事儿，他有他的前妻需要张罗，你随便找个男人就能领证。这年头的婚姻，如果你不要求生死相许，不要求荣辱与共，不要求白头偕老，随便找个看得顺眼的男人也是可以将就一下的。

但是，我越想越难过，说得旁边用餐的人都在盯着我，仿佛在嘲笑我的失败。

我们总是觉得别人对我们的好是理所当然的，觉得他追求我四年就该低声下气，觉得他对别的女人好就是对我的爱情的亵渎与背叛，觉得他和别的女人搞点暧昧就是对我的领土权的侮辱。我就是仗着他对我的宽容而跟李东海继续保持着朋友关系，我压根不知道原来在他心中早就埋下了一根刺。我真是太自以为是了。

但我分明在陈真的眼中看出了他对前妻的怜惜，那种怜惜令我嫉妒令我发狂，却无能为力。我一直想知道，在他心目中，究竟是我重要，还是他前妻更重要。现在，我知道了，我真希望哪天我别老惦记着他心里的天平到底往哪边倾斜。男人嘛，一边说爱你爱得死去活来，一边又到处勾搭不明真相的小姑娘。上一秒还在痛哭流涕地跟你忏悔说这是最后一次，下一秒又寻思着怎么解开姑娘的胸衣。

我想找黄达，但我和他却是两条平行线。我在听小提琴，他在唱昆曲。我在翻国家地理，他在研究达芬奇密码。榴梿是我最爱吃的水果，没有之一。他从小到大都不挑食，除了榴梿。男人总喜欢在喜欢的女人面前表现出男子汉的气概，尤其针对那些贫血、感冒、伤心、失恋的弱势女人，为他们攻下这座碉堡打开了一个突击口，但这种机会我并不打算留给他。我还想找钱多多，我觉得她是知心大姐可以给我煲心灵鸡汤。可现在给我灌输再多的生死轮回超然物外也是枉然。我想回家找我妈，作为资深女权主义的倡导者和维护者，她标新立异的观点没准儿可以把我从泥潭里打捞上来。可是我已经受够了她上世纪解放女性思想的裹脚布，她那20世纪的小脚压根就不适合走我们21世纪的路线。

12
Office Lady

我忘了我是几点回到家的，然后躺在沙发上睡了一夜。我眼前不停飘忽着陈真对我爱得死去活来的场景。还有李东海，一副为了我要赴汤蹈火的德行。当然，我梦中依稀还看见了黄达，他穿着一身燕尾服，拿着5克拉钻戒向我求婚。天空中飘荡着五彩斑斓的花朵，一片片打在我脸上。

我很快在我妈天怒人怨的电话铃声中惊醒，我印象中我真的没睡过一个好觉。为什么全天下所有惊天动地的事或者不痛不痒的事都得在早上爆发。我最怕接我妈的电话，我爸温柔得像只小白兔，而我妈是典型的母老虎兼深度更年期。我想尽一切办法避开她朝我轰炸的大炮，但还是免不了踩中她埋下的地雷。

“听说陈真那小子回来了？他还有脸回来啊？”我妈在电话那头阴阳怪气。

我就纳闷了，我妈怎么这么快就收到消息了？她现在整天唠叨陈真不靠谱，听得我耳朵都快起了老茧。真希望我爸能好好管管他老婆，别有事没事就对他们女儿那点儿可怜的感情经历说三道四，好像她经验有多丰富似的。

“托您的洪福，我跟陈真这人渣快走到崩溃的边缘了，您又该给我开瓶香槟庆祝了。”我一字一句地说。

我妈在那边沉默了好一会儿，我就听见我爸在那儿一个劲地问我妈：“孩子说什么了？你可别老给她泼凉水，这么大的姑娘自尊心强……”

我自尊心太强了，我每段感情要没有他们俩的指指点点，没准儿早就找个男人地老天荒了。我开始反省：我的背后站着一对彪悍的父母，我得学会坚强。

“李晓，你这个死丫头，当初不是你自己死活都要跟这个娘娘腔在一块儿吗？弄得我跟着你爸一块儿替你高兴，邻里街坊可都看着等着喝喜酒呢！”

“妈，我的事我自己会处理……”

“你是不是还睡着呢？你这赖床的毛病什么时候能改改？你看看现在都几点了，活该你现在还嫁不出去！”

这老太太又开始发扬她那见风使舵的民族精神，前一秒恨不得扒了陈真的皮，知道我跟他快玩完了，下一秒开始扒我的皮。

“你是我亲妈吗？”

“我就是你亲妈我才这么说你。都多大的人了，该考虑考虑结婚了。陈真这孩子毕竟离过婚，我虽说不算太满意，但整体条件也不差，结婚过日子还是可以……”

“我突然想起当初是谁说他娘娘腔来着，说他是不是有不可告人的隐疾，怎么这会儿又觉得当女婿挺合适的了？”

我爸把电话抢了过去："女儿，有事慢慢说，你别跟你妈怄气，我们都是为了你好。"

挂完我爸妈的电话，我盯着天花板看了好长一阵子。又是为我好，从小到大什么都是为了我好。逼着我学跳舞，说女孩子要有形体美。后来又逼着我练书法，说见字如见人。逼着我学跆拳道，说是强身健体，直到我被摔成了骨折，这才罢休。再后来又逼着我考师范，但我还是没考上。于是乎，我好像什么都会，但又好像啥都不会。前有父母的"为我好"，后有隔壁罗兰的"比你好"，我除了应对强势的竞争，还得忙着应付各种培训班、加强班。我没有童年，没有芭比娃娃唐老鸭，也不知道黑猫警长与一休哥。当同班的女生课后在聊紫薇和小燕子时，我还在看着似懂非懂的陀思妥耶夫斯基。

我以为工作以后搬出去住能好点，但我妈那电话跟准时闹钟似的，每天都要响一遍。现在我眼瞅着破30岁大关，成了大龄剩女。30岁对于女人来说是很有象征意义的数字，30岁以前无论你工作还是生活抑或是爱情，我们豪迈、狂放、潇洒，活出自我、活在当下，因为年轻有挥霍的资本。但30岁以后，你必须走进婚姻这座围城，哪怕你只是在婚姻中空虚苟且，至少不会引来亲友对你的非议。你要假装有母爱，逗逗别人家孩子以表你想要生子的决心，就算你以前并不是那么喜欢孩子。你还得顾家，不管你事业是否成功，没把家操持好就是你人生的失败。

可是我经常困惑，学校里从来没教我怎么在婚姻中扮演成功的角色，学校只教我什么是正确答案和如何考高分。后来我终于可以恋爱了，尝试着如何为对方倾注感情，却常常在父母的强烈反对声中戛然而止。我才知道谈恋爱要看对方的身家背景是否门当户对，不是两厢情愿就能喜结连理，罗密欧与朱丽叶的悲剧压根不是胡编乱造。谈了屈指可数的几次恋爱，却相了无数次的亲。谈婚论嫁仿佛就是一笔称斤论两的买卖，抑或是一份绑架道德的慈善事业。我爸妈还整天跟我聊人生观、价值观、婚姻观，但我依旧不知道婚姻究竟是什么。

一大早我又开始装忧郁，发现上班快要迟到了。我从床上跳了起来，顶着没睡醒的头发去刷牙，给两只熊猫眼敷上眼膜，换了件镶着Versace的logo的裙子，挎着新买的Coach包包，蹬上罗马绑带的高跟鞋。最恰到好处的是戴上陈真送我的手表。我像往常一样赶去上班，继续假装自己是个情场得意的Office Lady。

罗兰走的时候敲了一下我家的门，隔着门冲我喊："李晓，你今天又得迟到了。"她说完，"噔噔噔"走了。我觉得罗兰这人有时候特不仗义，她以前迟到的时候都有我仗义奉陪，但我迟到的时候她先走我断后。

但这几年的办公室情谊，倒是让我对她刮目相看。她现在每天上班来得比我早，下班却比我晚。她是一个事业型女人，是我们冰冷的办公室里一道亮丽的风景。她浑身散发着一种高贵冷傲的气质，让男人想要一亲芳泽但又怕亵渎了她的美貌。每期的选题她都能准确把握，她掌握最新的市场动向，也关注火爆的热门话题。她讲话有内涵，让那些MBA以为她是名校毕业。她讲话得体又不失风范，带她出去挣足了面子。而且她还很聪明，在欲擒故纵欲拒还迎之间成功签下多笔大单。她才华横溢，每期深度观察的稿子写得是鞭辟入里，让看了这篇文章的男人恨不能以身相许。她办事干净利落，待人接物落落大方。

我渐渐以失败者的姿态站在她面前，罗兰终于可以撕掉“别人家的孩子”这张标签扬眉吐气。但是事业上如鱼得水的她，在爱情的沼泽地里同样煎熬着。我是李东海前女友的事实是她这辈子的阴影，这块阴影面积仅次于我对陈真离过一次婚的介怀。我记得她以前还让李东海给她写各种保证书发毒誓，逼着李东海烧掉我曾经送给他的东西。不过现在罗兰已经不再玩那种老把戏了，她现在开始旁敲侧击地暗示李东海该娶她了。罗兰很着急，她急得恨不能对着微波炉大喊大叫。她的优越感少得可怜，无论李东海对她有多么忠诚，都不如一纸婚书让她更有安全感。她要他为她加冕，她要做他的queen。

我火急火燎地赶到单位打卡，然后像往常一样把东西塞在位置上，开电脑、冲麦片、啃茶叶蛋。对于我这种普通上班族来说，每天的日子就像流水线作业似的。

罗兰正气定神闲地喝着咖啡，幽幽地问：“你今天怎么看起来跟抽多了鸦片似的？”

“你以为我跟你似的每天打满了鸡血？”

她把刚买来的早餐递给了我：“赶紧趁热吃吧。”

“太阳打西边出来了？”

“我减肥。没有哪个新郎会愿意看见自己的新娘因为太肥而把婚纱撑破。”

“李东海终于向你求婚了？”

“还没呢，不过我想也快了吧。”罗兰自信满满地说。

我白了她一眼，她现在威逼利诱李东海娶她，只差没把刀架在他脖子上逼他就范，但李东海迟迟都未向她表明心迹。

“对了，我们结婚的时候，你跟陈真可要当我们的伴娘伴郎啊。”

经过昨晚的事，我打算跟陈真冷战十天半个月，直到他意识到自己究竟错在哪儿为止。

“对了，听说陈真回来了，你们昨晚是不是小别胜新婚？”罗兰不怀好意地问。

“就那样呗。”我敷衍她。

“唉，男人呀都这样，追你的时候使尽浑身解数，生怕你只给他发好人牌。到手之后爱搭不理，整天苦大仇深检讨责任归属。”

“你说得太精辟了，而且他现在还学会了四处招惹小蜜蜂。”

“其实我都为你抱不平，他都有你了，为什么还要跟前妻和女助理纠缠不清？不是他人多好，广结善缘，而是他把女人当成他的装饰品。女人的美貌直接反映了男人的眼光，而女人的才华则直接反映了男人的智商。”

“那你觉得我是陈真的哪种装饰品呢？”

罗兰打断我：“这不是重点。”

“那什么才是重点？”

“就看你怎么看待他和别的女人之间的微妙关系。人们往往喜欢看自己想看到的，听自己想听到的。他如果告诉你跟这个女人没有关系，你会觉得这是伪君子给你编的善意谎言。而他一旦承认自己跟某个女人的关系，你又崩溃地面对鱼死网破的残局不知该如何是好。”

“那我该怎么办？”

罗兰电话响了，她朝我看了一眼，说：“骑驴找马，走着瞧呗。”

“走着瞧呗”，这几个字从别人嘴里吐出来很轻松，但安放在我身上却是一身疲惫。我看着罗兰眉飞色舞接电话的表情，她这辈子的奋斗目标不是当罗小姐或罗女士，而是李太太。她也真够出息的。

我一边吃着罗兰给我的早餐，一边心不在焉地应付罗兰。打开手机，陈真果真没有给我一个电话，自从他大晚上把我扔在餐厅之后，就和我断了联系。倒是黄达发来礼貌性的短信，问候我的家庭、生活、工作和身体状况。多好的男人啊，可惜这么好的男人我怎么就没一点儿感觉呢。

就在这个时候李东海居然给我发来早安短信。我看着罗兰那精致的小脸蛋，琢磨着我到底要不要回复李东海。我记得我跟李东海分手之后，他找过我好多次，暗示我如果没有罗兰，我跟他还有没有可能。但我每次都摇头谢谢他经过大风大浪之后还能看得上我。

我还是回复他：我真觉得你有空操心我，还不如盘算个时间把我对面这个唾沫星子乱飞的老剩女给娶回去。

李东海回复我：其实我还没想好。

李东海这个人渣！要不愿意娶人家，为什么还要耽误人家好姑娘的青春！我赶紧回过去：生米迟早得煮成熟饭，还想什么？

李东海跟我打起了太极：你什么时候这么关心我的事了？

我一下子没话。我曾经也以为自己会为了他开煤气睡过去，再不然就是从25楼上一跃而下，为我们死去的爱情来一场血色盛宴，向世人彰显我对爱情的至死不渝。但我没为这段感情守丧多久便投到陈真的怀里。李东海从没在我这里讨到过什么好果子吃，每次都指着我鼻子大骂："李晓，你够狠的呀！亏我还对你念念不忘。"

什么叫念念不忘，无非就是在两个女人之间周旋，他坐享齐人之福，小算盘打得还挺好。或许是我对他太了解了，精明识破了他的诡计。

对于李东海我本着强烈批判的心情，因为我和罗兰的友谊遭受的每一次灭顶之灾都是这货给鼓捣出来的。他一边把罗兰哄得团团转，让罗兰以为他的爱毫无保留全给了她。而在另一方面，他总是用水滴石穿的韧性来敲打着我的心房。自从我和陈真在一起后，他才没有那么肆无忌惮。虽说出于私心，我想有前男友的纠缠以显示我的魅力无极限，但自从陈真出现在我的生命中，我和李东海之间那点暧昧关系就这样一点一滴被磨得粉身碎骨。

罗兰朝我这边看一眼："李晓，你觉得呢？"

我回过神来，刚才罗兰讲她爱的幻想我可是一句也没听进去。

"要不咱们比一比，看看究竟是你先嫁出去还是我先嫁出去？"罗兰看上去显得很亢奋。毕竟在这场比赛中，她有优先决胜权。

我笑了笑："当然好了，不过你肯定比我先嫁出去。"

有时候我们总以为爱情是论持久战，但到最后我们才会发现，真正靠得住的是姐妹情深，而不是男人口口声声说的"我爱你"。

13
职来职往

办公室突然一下子变得出奇地安静。这种安静不是好事降临前的沉默，就一定是恐怖危机即将到来的前兆。果然，当我抬起头的时候，陈真和李魔头正有说有笑地朝办公室走去。

我好奇地看着他们俩，陈真今天怎么会有闲情雅致来陪李魔头说说笑笑。况且，平日里这两个人明明是死对头，而之所以造成他们冤家路窄狭路相逢的罪魁祸首就是我。

先来隆重介绍一下这个李魔头，他是公司里恶名远扬的资本家，还是我们这儿的头儿。中文名叫李威廉，我是倒了八辈子血霉了，500年前曾跟他是一家人。他英文名字叫Willian Lee，让人忍不住怀疑他是不是出生在美国或加拿大。一口并不标准的闽南普通话，字里行间总是喜欢夹杂着英文，不知迷倒多少头发长见识短的姑娘。他今年36岁，却长着一张56岁的脸。他个头不高，身材已成发福趋势，听说曾经得过长跑冠军。他架着Armani的眼镜，手提Prada，身穿Hugo Boss，脚踏Zegna，浑身上下露着一股昂贵的美金味儿，有些恨不得对他以身相许的姑娘把这种味道说成是气宇轩昂，据说他还念过斯坦福MBA。他步伐铿锵有力，走过办公室的时候像一阵风，能轻易让女生的裙子荡起涟漪。

这间办公室里有太多仰慕他才情的人，他举手投足间的气场不知迷倒多少春心荡漾的无知少女。李魔头对时尚很是痴迷，经常飞往法国意大利，回来之后吞吐着各大奢侈品牌的最新时尚动态。他慷慨大方，经常让他的私人助理Rita给我们派发小礼物。更重要的一点儿，他几年前丧偶，至今单身，他是很多女人梦寐以求的黑马王子。

这份工作是我妈给我张罗的，甚至这个主管也曾被我妈纳入女婿备选组。在这座熟悉的城市里，我随便去哪儿都有可能遇上与我相过亲或者有过几面之缘的男子。他们或者名校毕业，或者有着收入不菲的工作，或者能讲一口流利的法语。可是对我来说，心灵上的共鸣比外表上的般配要强过百倍，尽管我已是资深外貌协会的钻石级会员。

我对李魔头的感觉，只是比我大几岁的名校毕业的学长和高高在上的主管。我们常常在他面前毕恭毕敬，在他背后谴责批判。每次开会总是鸦雀无声，会议结束之后又开始怨声载道。他没兴趣开发我们的大脑、激活我们的兴趣、扩充我们的领域，他唯一感兴趣的是财务报表上的数据和广告投入的收支比。他从来不喜欢听我们找什么借口，他唯一的指令要么是do it，要么be fired。

这些年他也一直更换女朋友，形形色色各种不同型号款式的都有。他选择进攻的方式很老土，对待爱情是个理想主义者。一旦他发起进攻，只是为了每个夜晚休养生息。在工作中，他绝对是个张牙舞爪的魔头。

我印象最深的是在一场会议上，当时正在讨论一个广告片的拍摄预案。当时Rita向李魔头建议："据我所知，我们很多客户的层面还没有这么高，根本接受不了这种意识形态的东西。"

李魔头向她发难："很多客户指的是有多少客户？你做过市场调查吗？懂什么叫作Public Relations吗？Show me the data！明白吗？"

Rita赶紧点点头："明白。"

"OK，进行下一个问题。"

Rita很快又重新进入到工作状态中："这是企划部最新的市场营销方案，您过目一下。"

李魔头突然嘴角扬起了一丝笑容，这笑容让所有在场的人不寒而栗，只听他淡淡地问："我每天听你们讲市场聊营销，有谁可以跟我解释一下什么叫Marketing Management吗？"他迅速翻阅着企划部的方案，整个会场鸦雀无声。

我看着企划主管额头上沁着细汗，他还来不及擦拭，眼巴巴等着李魔头的评判。这二十多页的企划书可是他和他的团队熬了很多个通宵赶出来的。李魔头越是不说话，空气就越是紧张得要爆炸，他的心也已经提到嗓子眼了。

"Suck！企划部你们很失败知道吗？我怀疑你们脑子进水了，连我们的目标消费群都没有搞清楚就想做用户体验……"李魔头噼里啪啦地开骂。

会议结束的时候，所有人都垂头丧气。

Rita是李魔头的资深私人助理，她干这个非常人所能胜任的职务也已经有一年零一个月了。在她之前，没有任何一个人可以当他的助理超过三个月。不过能胜任当他助理的人都非常出类拔萃，学历要高，容貌要好，陪他出差要有惊人的体力，跟他应酬要有名媛的风范，对待大客户的各种刁难要随机应变，是兼具高智商与高情商的美女。他对私人助理还有额外的要求，需要24小时随时候命，要对他的兴趣爱好了如指掌，更要懂得揣摩他的心思。

但就在前天，Rita在递给李魔头的一份文件中出了一些小纰漏，而这份文件正好是陈真负责的另一个项目。Rita进去之后一会儿，门就被关上了。罗兰当时还对我说，今天Rita恐怕又要遭殃。果然，里面传来了李魔头的吼声："你有没有审美？连这种低级的错误也会犯？Oh my god，你究竟长没长脑子，陈大总监搞不定的事情你来跟我汇报，你是觉得我每天很闲是不是，闲得要帮别人擦屁股……"

Rita是哭着从李魔头那里跑出来的。她这个人前风光人后受气的岗位，曾吸引了一万多个人争相面试。Rita就是那万里挑一出来的，她领着高额的薪水，干着高压的工作，穿着昂贵的职业套装，喷着李魔头赠送给她的高级法式香水。但是她还是快崩溃了，我们所有人都曾暗自羡慕她年纪轻轻就开着名车，住进巴洛克风格的公寓，随时可以飞往德国法国意大利，而且她给李魔头当过助理这个工作经验，将会让她未来混迹职场更容易平步青云。我们也曾同情她，但那种同情远远不及我们对她的艳羡。于是我们开始安慰自己，上帝总是公平的，她能爬到这个岗位就该忍受这种折磨。

Rita最终还是辞职了，她走的时候满脸堆笑。她对着李魔头90度鞠躬致谢，还给我们每个人送了一盒巧克力，我们对她说着不痛不痒的“保重，以后常联系”之类的客套话。但我们谁都清楚，虽然我们曾经与她有着千丝万缕的联系，但她辞职以后就不会与我们有任何关联。职场人来人往，一段关系的轻松建立，也预示着这段关系的轻松瓦解。

我很快便把Rita辞职的事情给淡忘了，但我对李魔头的敬意或者恐惧与日俱增。每次我被他叫到办公室，都心虚得像个小偷。我怕我这浅尝辄止浮光掠影的工作态度被他fired，但我更怕的是第二种情况。我更怕的就是他会含情脉脉地拍着我的肩，先问候下我妈，然后询问我的身体近况。问我想不想出去旅游，他刚好准备了欧洲十日游。关心我家的灯泡需不需要换，举手之劳他还是可以的。问我有没有喜欢的内衣品牌，其实他对这方面还是比较在行。最后问我，有没有意向当他的助手，择日不如撞日今天即可上岗。然后他前一秒对我含情脉脉，下一秒还没等我回过神来又被他骂得狗血淋头。我恐惧这种张牙舞爪飞扬跋扈的上司，我有时候甚至在想，他以前该是受过多大的刺激，内心该有多么的脆弱，以至于披着一副恶虎的皮囊处处咄咄逼人。我怕他，因为我内心比他还要脆弱。

他平时像个冷血杀手，但在那天晚会上我觉得他像个有血有肉的禽兽，这也促成了陈真与他的第一次交锋。

那是在我们庆功宴的晚会上。那天我穿的衣服有点少，裙子有点短，酒喝得有点多，脸有点红。李魔头那天拉着我一起在舞池里跳舞，他的手总是不怀好意地往我臀部的方向一遍又一遍地摸索。他的手很有力量，几乎要把我的手融化在他的掌心。他在我耳边轻言细语，温柔得就像在调情。他问我是不是有点口渴，他家有冰镇好的饮料等我喝。问我会不会觉得有点热，因为他觉得我的后背好像汗湿了。还问我是不是有点困，他可以给我煮醒酒汤，保证服务周到让我一觉睡到天亮。

听完他的话我有点慌，脑子有点空，舞步有点乱，后背有点凉。陈真看出来我乱了阵脚，端着酒杯就往这边赶。他假装不小心打翻了酒杯，整杯红酒洒在李魔头Dolce&Gabban的西装上，我看见南地中海似的热情浪漫慢慢开出一朵红色的花，仿佛与他今天的穿着相得益彰。他暴跳着看向陈真，他本来就受够了陈真，而且陈真今天还故意把他昂贵的西装给弄脏了。他气得瞪圆了眼睛，但他很清楚不能让自己在这种场合失了分寸，只能忍着。

陈真假装很抱歉，说干洗费他来付，然后在众目睽睽之下带着我离开了。陈真算是替我出了口恶气，他英雄救美的行径很快成为办公室的一段佳话。

从此之后，这两个仇人见面分外眼红，我总能感觉到一股杀气。

陈真朝我走来的时候，我看到他一副宿醉未醒的憔悴模样，只见他径直走进李魔头的办公室。

今天这事太反常了，这两个人怎么一副惺惺相惜好像相见恨晚似的感觉。陈真走进李魔头的办公室里聊了很久。我起初以为这只是两个人的表象，估计一会儿这两个人就会打起来，紧跟着办公室里会传出花瓶砸碎的声音。但什么动静也没有，陈真从里面出来的时候，李魔头满脸堆着笑，一副要把女儿托付给他的样子。两个人握手握了很久，迟迟不愿分开。

职场生存让我们对竞争对手的警惕性很高，对自己的自觉性却少得可怜。我们缺乏远见，但学会了审时度势见风使舵。我们野心勃勃，拼命追逐世俗的成功希望赢得所有人的尊重。我们的成功判定标准在于你做什么工作，年收入多少，如果你正在创业，最好三五年就准备上市。

陈真成功了，至少对我们所有人来说是这样。

14
不完美的世界

陈真从李魔头的办公室出来后，走到我身边嬉皮笑脸地说：“哟，在忙呢？”仿佛所有的事情都没发生过。

“走开……”我别过头去。

“好了，别生气了，今天晚上要不要一起吃个饭，我专程向你赔罪来了。”

“我可不敢，您也是有身份的人，我可高攀不起。”

陈真求饶：“好了，你还不知道我这种像雾像雨又像风间歇性神经病发作的性格啊，我偶尔也得犯个浑抽个风什么的。您就大人有大量，饶了小的这次吧！”

“看在你改过态度良好的份上，姑且饶了你这次。”

“说吧，今晚你想吃什么，培罗加的白鲟鱼子酱？阿尔巴小镇的松露？乞力马扎罗的咖啡？还是波尔多的红酒？反正你说吃什么我都豁出去了！”

“这么大方啊？你是中了500万还是当上富二代女婿了？”

陈真看了下时间："晚上我来接你，晚点儿见。"说完便走了。

没一会儿，李魔头把罗兰叫了进去，罗兰对我使了个眼色，示意万一她战死沙场，还望我能给她收尸。

罗兰进去了很久，直到下班的时候才从李魔头的办公室里走出来。她表面纹丝不动，看不出来是喜是忧。

她走到我身边，对我说："我觉得我以后的日子会在你们羡慕的眼光中万劫不复的。"

"到底发生了什么事啊？"

"我晋升了。"

"真的假的？"

罗兰一脸沮丧："李魔头说让我做他的助理。"

"他没说其实他一直对你……有非分之想？"我捂着嘴笑道。

"去你的。本姑娘一直是个安分守己的良好市民。我领着我该领的薪水，爱着我该爱的男人。我不会因为什么事业而去葬送我的爱情。"

"哟，看不出来你们还爱得水深火热死去活来啊？"

"李魔头啊，以后有我苦吃的。"

"可你完成了多少女人的梦想啊。"我笑道。

"这个死相，你就幸灾乐祸落井下石吧你。"

罗兰成了李魔头的新助理，她一边欢喜着未来的职场生涯，一边惧怕着李魔头的处事风格。李魔头还给罗兰取了个英文名字叫Lauren，直接音译罗兰，虽然听起来都差不多，但李魔头是绝对不允许自己的助理没有英文名字的。

下班后陈真把我接到了他家，这里我很熟悉，宽大的落地玻璃窗，卧室里放着我的照片。他给我煎牛排，倒红酒。印象中，我们已经很久没有像现在这样共进晚餐了。

他坐在我的对面，西装革履，正式得像在相亲。当我看见隔在我们中间的蜡烛，透着烛光去看向他的时候，又像是第一次约会。我感觉今天一定有大事发生。

我觉得我们之间的关系越来越像结婚多年的夫妻，我们早已没有相拥时的激情，接吻时的心跳，只是两个相拥取暖的可怜人。

“咱们都这么熟了，你有什么事就直接跟我说，除了求婚。”我开门见山。

陈真笑了笑：“看来我的一举一动还真是逃不出你的法眼了。”

“我可没这么大的能耐，要不你能家里红旗不倒，外面彩旗飘飘？”

“瞧你那小肚鸡肠的样儿。不过我还真有一件事，但是又不知道怎么开口。”

他一副心虚的口吻，认错的态度，羞愧的表情，我已经猜中几分。但是我依旧在蒙骗自己，也许是自己多想了。这世上，不是所有半夜送你回家的男人都对你设了陷阱，也不是所有boss身边的那些漂亮女助理都包藏祸心。

我坚毅、勇敢、从容地启齿：“没事儿，我还不了解你，没准儿你就是荷尔蒙分泌过盛那点事儿。”

陈真突然抓着我的手说：“我要调到上海的分公司去了！”

我原本快要跳了出来的心又重新回到肚子里。

“我还以为是什么大事呢！不就是调岗嘛。不是，你干得好好的为什么要调你走？”我突然想起今天李魔头对陈真笑逐颜开的样子，一切谜底在这里都得到了合理的解释。

陈真吞吞吐吐地说：“因为我想换个环境。”

“可是你为什么突然想换个环境？”

“因为我觉得我对不起你。”

“那你为什么觉得对不起我呢？”

“因为我做了对不起你的事。”

做了对不起我的事？难道他出轨了，他劈腿了，他跟前妻破镜重圆了，还是他没能抵挡住Bella的诱惑？我的世界，一下子风雨交加道路瘫痪了。

“究竟做了什么对不起我的事？”我一字一句地问道。

“我和Bella已经……”

不用等他说完，我已经全明白了。我所担心的事情，终于发生了。我曾无数次欺骗我自己：李晓，没事的，陈真是真的爱你，他能经得起一切诱惑。他就是天底下对你最好的男人。他不会让你受伤，不会背叛你。他说过他会娶你，等到你想嫁给他的那一天。

直到他向我坦白的这一刻，我才明白，全是谎言，而我一直生活在自己的谎言中无法自拔。

“晓儿，你听我给你解释。”

“不用解释。”我顿时冷得要命，不由得打起了哆嗦。

陈真突然变得很激动：“我就知道，我就知道你什么都听不进去。你总是觉得你永远是对的。你是高高在上的皇太后，而我就是你身边的小奴才。四年了，我们在一起也有四年了，我扔下面子放下自尊死乞白赖跟着你，我就希望有一天你也能给我个笑脸，跟我说你真的很在乎我，你愿意跟我过一辈子。可是你没有，你把我对你的好当成是理所应当。你知道吗？每当我疲惫地想要听听你的声音的时候，你不是陪着你爸妈遛狗就是跟你的姐们儿厮混，你从来没有想过放下自己的事情来陪陪我。我一个人真的很累。而每当你冲着我发脾气的时候，你从来不听我的解释就把屎盆子往我身上扣。晓儿，我累了，我需要停下来。”

“所以你就停到了Bella的怀里！”我朝他吼。

“是！因为她理解我体谅我，她从来不介意我有个前妻的事实。我有个前妻怎么了，这年头成功男人别说是前妻了，地下情人都比比皆是。你既然选择了跟我在一起，就该接受我的过去，哪怕你心里有一道过不去的坎儿。”

“是啊，Bella胸怀大度，不只是帮着你一起照料前妻，还照料到你的床上去了。”

我把叉子狠狠地插进牛肉里，这个地方和这个男人，让我恶心透了。我打开门几乎像逃了一样跑出来，没有谁知道我的背影看似潇洒，内心早已狼狈不堪。

我泪流满面地乘坐电梯走出小区，一边抹着泪儿一边飞快地朝前走。

“哟，我还以为是谁呢！”

我听见耳边传来嘲讽的声音，扭头一看，原来是Bella。我满腔的怒火得不到发泄，满肚子的苦水得不到倾吐，在我近乎崩溃的时候，Bella的出现让我像疯了似的泼妇一样地扇了她几个耳光。当然，我也没讨到什么好果子吃，我的脖子被她的指甲划了几道口子。

“大家都是半斤八两，你又何苦装得跟深宫怨妇似的？”Bella捂着脸对我说。

“你说什么？”

“我是跟陈真在一起了，但你一个人在杭州也没闲着，你最近不是跟一个送外卖的穷小子勾搭上了吗？你口味倒也新鲜，吃多了燕窝想换粉丝了？”

送外卖的穷小子？我仔细回想着Bella的话，我猛然意识到她指的那个人是黄达。

“明明是你抢了我的男人，你倒挺会倒打一耙的！”

“要怪就怪你自己没什么魅力，看你这长相倒还算清秀，胸部平平，头脑简单，还没女人味。再说见识好了，你出过国留过学吗？法语你会吗？我看你估计英文还在初级阶段吧？”

“我……”一时语塞，竟不知如何对答。

“况且你们男未娶女未嫁，大家都是自由竞争，优胜劣汰。你也没什么好抱怨的。要怨就怨自己先天不足，后天畸形！”她冷冷笑道。

我一巴掌又想抽在她脸上，但这个时候陈真赶了出来，死死地抓住我的手。我眼里含满泪花，屈辱、愤恨像堤坝崩溃了似的，眼泪跟着落下来。我想着，“陈真你怎么可以这样对我，明明是你背叛了我，你还纵容这个女人在我面前耀武扬威，把我仅存的一丁点儿自尊也践踏殆尽？”我就这样和他对峙着，那些曾经温暖而美好的画面，此刻变成一把尖刀，将我血刃。

Bella挽着陈真的手说道：“你跟她摊牌了吧？”

陈真看了她一眼没有回答，他看着我，仿佛在跟我说：“李晓，咱们就这样散了吧，我已经做出了选择，你就别再折腾别再闹了，我求你了。”我的手软了下来，陈真才将我松开。

“要我说啊，你和那个送外卖的穷小子倒是挺合适的。人啊，得知道自己的分量，攀太高的枝容易闪着腰。”Bella依旧不依不饶。

“闭嘴！”陈真呵斥她。

“晓儿，其实回来这些天，我一直在等你跟我解释关于那小子的事儿。”

我看着陈真一副理直气壮的模样，差点又中了他的圈套。

“陈真，做人不要这么渣。是你说去三亚出差，结果是瞒着我见前妻。是你背着我跟别的女人有一腿，如果不是你今天良心发现向我坦白，我还继续被你蒙在鼓里。”

从放电到勾引到暧昧再到床上关系，这个过程在我眼皮底下悄悄进行着。他一方面在我面前扮演着好男人好男友的形象，另一方面又背着我跟别的女人进行某种关系的密谋，商讨下一次的密会地点。Bella的风骚与陈真的闷骚真是相得益彰，他们仿佛就是为了报复我而存在的。

“对，这些都是我的不对。可是我瞒着你，也是在保护你啊。”

我冷笑道：“保护我？保护我就是让别的女人尽情地羞辱我，而我还不能动她分毫。”

“真能强词夺理了，你不也勾搭了外卖穷小子吗？”Bella继续在我身后补刀。

我抽了陈真一个大耳刮子，那声音太悦耳动听了，我使出浑身所有的力气抽在他脸上。

“我谢谢你，以后咱们两不相欠。”

我知道，这一巴掌打下去，我和他四年的感情真的可以见鬼去了。

说完我走了。陈真被我给打蒙了，只听见Bella一个劲地问陈真疼不疼。

“这女人疯了吧，下手也太重了。”

夜色真好，我又一次失恋了。我还失忆了，竟然忘记了回家的路。

15
男人都是王八蛋

这个城市一下子空了，我努力在脑子里搜索一个倾诉的对象。远房的表哥？暗恋多年的学长？分手多年的前男友？前阵子相亲的对象？但我找不出一个人，给我进行人道主义的安慰。

我像个孤魂野鬼似的走在大马路上，灯影摇曳，映着我消瘦的身影。晚风有点冷，我忘了回家的路，忘了哭，忘了一切。

罗兰的电话把我从悲伤中唤醒。

“李晓，你现在干吗呢？”

“我没干吗啊，就是被甩了呗……”

没等我话说完，罗兰让我重复一遍：“你说什么？”

她似乎透过卫星信号都闻到了我浑身的失恋味，又重复了一遍：“到底怎么了？”

在电话里，我号啕大哭。

罗兰来接我时，我蜷着身子坐在冰冷的马路沿上，眼睛已经哭肿了。

她二话没说，把我塞进车里，顺道把她的外套脱了给我披上。我们开着车一路狂奔。

“姐带你去个地方发泄发泄，想哭、想闹、想砸东西、想甩人耳光，随你便，我都陪着你。”

我的眼眶又湿乎乎的了，原来，我不是一个人。

罗兰把我拉到了蒋老板的地盘，一家不算太大的KTV。我们每次去玩，蒋老板都给我们免费提供酒水饮料。他曾经追过罗兰好长一阵子，但罗兰对李东海是忠贞不二，非得在这棵树上吊死，我们都想给她立贞节牌坊。

蒋老板长得挺斯文，整天西装领带看上去像个正派的IT男。他身子有点发福，笑起来的样子很亲切。他第一次看见罗兰就乱了方寸，说她长得像他死去多年的女友。罗兰是个现实主义者，她对欧巴从来不感兴趣，对电视剧的狗血情节表示深恶痛绝。她礼貌地拒绝了他的各种邀请，并给他贴上“毛线男”的光荣标签。

我们所认识的各种男人都被罗兰分门别类。就像刚刚把我甩掉的陈真，罗兰定义他是“娘娘腔暖男”，给李东海的定义是“藕断丝连前男”。我知道，下一秒罗兰该管陈真叫“渣男”。

当我拖着沉重的失恋的步伐走进包厢的时候，钱多多已经提前到了。她那张嘴像打机关枪似的对我好言相劝，上至国家利益的冲突、中俄局势对我国的影响，下至爱情之于个人的感受，爱情就是男女双方的相互征服，婚姻则是彼此的妥协。别说是我，就连罗兰听得都快要潸然泪下。被全世界人民安慰的感觉真好。

罗兰打断钱多多说道：“别总是没事儿就煲心灵鸡汤，现在的重点是如何武装自己消灭敌人。”

钱多多开始控诉她跟王金的旅行，她正襟危坐像要跟各国领导人交流意见似的，字正腔圆的语调又像中央广播电台的播音员。她开始将场景复原：“我们住在海边的度假酒店，那天晚上，月亮正圆，风吹着我的秀发滑过我如丝般润滑的肌肤，我穿着一件纯白色的落地长裙，光着脚丫走在细软的沙滩上。我头上戴着……”

罗兰再次打断她：“挑重点说。”

钱多多开了一瓶酒，一口气整了大半瓶，然后又点了根烟，抽了一口：“那天我穿得跟白雪公主似的指望着他能被我的美貌所倾倒，就算他不会跪在我的面前对着我的脚指头哭，但我也希望他能单膝跪下，从裤兜里掏出个戒指给我戴上吧。求婚会不会？没吃过猪肉，还没见过猪跑啊？”

“那他呢？”

“他跟我说沙滩上风有点大，让我别在沙滩上待太久。说他今天有点累，先回房间睡觉了！”

我就纳闷了，怎么一到关键时刻，男人不是装傻充愣就是撒丫子开溜呢？

罗兰笑了：“要么，你向他求婚得了。”

这像钱多多一贯的作风，所以她变成了家里的顶梁柱，而她的男人王金却在小鸟依人。

我安静地唱歌，默默地流泪。我知道她俩正想办法哄我开心，但她俩的对白丝毫吹散不了我失恋的阴霾。

罗兰抢下我的话筒：“你就跟我说句实话，你心里到底还有没有李东海？”

罗兰这么一问，我有点蒙，虽说我跟李东海当年也曾爱得感天动地，非卿不娶非君不嫁。天地良心，我现在真的快把他给忘了。

“这是多少年前的旧账了？”钱多多反问。

“李晓，但凡你心里还有李东海，我就把他让给你。”

“你真当李东海是个东西，想转送就转送？”

我摇了摇头。我知道罗兰是个对感情充满征服野心的女人，她要求她的爱情婚姻必须达到她所渴望的高潮。

“其实，当年你们分手，是我从中使了绊子。”

她仿佛在朝神父忏悔，一点一滴地告诉我她是如何离间我和李东海的。

我有种五雷轰顶的感觉，这种感觉就好像是养了我快三十年的父母突然有一天跟我说，隔壁老王才是你的亲爹。我的世界一下子变得沸腾起来，电闪雷鸣，火山喷发，陨石坠落。我想起李东海攒了很多的零花钱带我去吃西餐，在我生日当天给我买了一条我看中了很久的手链。我想起他经常给我欠费停机的手机充话费，就是为了找到我……我一下子想起很多。我以为我早已忘得干干净净，但眼前一幅幅画面变得清晰起来，李东海帅气阳光的青春面容朝我走来。

罗兰哭得很惨烈，我是在她的鬼哭狼嚎中缓过神来的。钱多多一边给我拿饮料让我缓缓神，一边给罗兰抽纸巾安慰她这都是过去的事情了别难过了。可是为什么我觉得自己的身体像一个被打足了气的热气球，正准备飞向遥远的蓝天，却被人在背后捅了一刀。

我没有哭也没有闹。我的理智抵挡着所有的不良情绪。罗兰越哭越止不住，她晃着我的身体让我“别这样，哪怕哭出来也好”。可是我能哪样啊，为一段八年前失去的感情而痛哭流涕吗？八年了，我几乎都快想不起初恋是什么滋味了。

“我知道李东海跟我好，就是想报复我。他就是想让我用一辈子的时间去弥补对他的亏欠！”

“你看你又钻进死胡同了吧，没准儿人家李东海压根就没这么想。”钱多多反过来去安慰她。

“李晓，你会恨我吗？”

我摇了摇头。

“哎呀，你们仨这点儿破感情真乱！其实男人就是这样，一边搂着怀里的女人说我有多爱你，一边又总是不怀好意地赞美别的女人皮肤细腻有光泽。”

我和罗兰齐刷刷地看着钱多多，平日看惯了她当奶妈，什么时候她也这么有觉悟了？钱多多似乎很享受我和罗兰投来的钦佩的目光。

“我马上就要跟王金结婚了!”

这听起来好像是个好消息，至少在我得知我和李东海真正的分手原因之后。

“真的假的？”罗兰差点喷出满脸狗血。

“当然是真的了！你们俩就祝福我吧!”

有人说，婚姻是爱情的坟墓，我想以后我会经常去给钱多多上坟。

“你要不要再考虑一下？”罗兰小心翼翼地说。

“还考虑什么呀，现在房子都已经买好了，就差领证结婚了。”

“我觉得你真得好好考虑下。”虽然我还沉浸在跟李东海死去的爱情中无法自拔，但真不愿见一个无知的大龄女青年主动跳入火坑。

“你们俩怎么回事啊？别人结婚都是送祝福送红包，你们俩呢？拦着不让我结婚，成心让我变老剩女是吧？”

我们破涕为笑。

不就是失恋吗？不就是男人与女人那点事吗？真没什么大不了的。

“王金那孙子一看也不是什么省油的灯。”这话刚到嘴边，我硬是给吞了回去。

那小白脸出门要喝奶，走路怕蟑螂。生活困难户，全靠你补助。有福他先享，有难你先扛。对老妈像老佛爷一样供着，巴不得每天早晨起来去请安晚上跑去good night。对老婆跟奴才一样使唤，巴不得白天挣钱给他花，晚上任由他差遣。

天底下哪儿有这么好的事，这小白脸是上辈子积了多少德，能遇见钱多多这么好的女人。

我记得那是钱多多头一回带着小白脸请我和罗兰一起吃饭。那孙子跟大爷似的跷着个二郎腿，两片朱唇轻启，一会儿嫌上菜太慢，让多多去催；一会儿嫌菜太辣，让多多用水帮他涮；一会儿筷子不知道掉到哪里去了，让多多喊服务员；一会儿说他想喝另一种口味的果汁，让多多帮他满上；一会儿嘴巴上沾了菜酱，问多多有没有带湿巾。对，是湿巾，不是厕纸。这怎么看都像是儿子跟妈出来吃饭了。菜上齐后我们发现大半桌都是王金爱吃的菜，钱多多讪讪地朝我俩笑笑，让我们别往心里去。罗兰阴阳怪气地说了句：“唉，要不给他拿瓶奶，我看这小子还没断奶！”

本该是斛筹交错的餐桌上气氛紧张得快要爆炸。

吃完饭之后钱多多去买了单，帮他拎着双肩包，四个人皮笑肉不笑地走到商场门口。小白脸说他在商场里看中了一块儿手表，正好符合他商界人士的身份。我和罗兰本想就此告辞，没想到盛情难却，一行人又陪着王金逛商场。钱多多给他买了手表、衬衫、外套、鞋子，一应俱全，但再好的外衣也遮掩不了他骨子里的人渣味。看来，这小白脸是被钱多多给正式包养了，就差签合同。

罗兰冷冷地笑了："姐们儿，别光顾着打扮男人，男人整得太漂亮了，身边的狐狸精也就多了。你这叫赔了夫人又折兵。"

"男人要穿好的用好的，这样出去有面子。"多多说。

"花女人的钱装点自己的门面，太有面子了。"罗兰冷哼。

小白脸从试衣间里走出来，一脸意气风发的模样，看样子钱多多又得损失几千块。

钱多多笑了笑，说她只在乎两个人的关系，物质方面的东西她是不看重的，毕竟她比王金大，为人处世要比他成熟。

"彪悍的熊猫仗着卖萌为生也就罢了。但堂堂一个大男人，整天摆出小鲜肉的姿态耍贱扮无辜往死里占女人的便宜，我也算开眼了。"罗兰故意说道。她早已发出战书，但对方一直置若罔闻。小白脸仿佛压根就没听见，这让罗兰又急又气，但也于事无补。

我们从商场里走出来的时候，迎面来了两个人。男的一把年纪还秃了顶，手里大包小包地拎着女人的鞋子、衣服和包包。女的婀娜多姿洋溢着青春的气息，趾高气扬地站在前面说一会儿还要去买件貂皮大衣。

"都是在荷尔蒙分泌过剩的城市里，女人与女人之间的差距怎么就那么大呢？”我由衷感叹。

“我知道你们不喜欢王金。我甚至都没有谈过恋爱就直接进入婚姻的殿堂，不是我饥不择食，而是我的青春就像末班车，经常过站不停。我已经不再年轻，我努力奋斗只是为了获得今日的高薪和一大堆不知道能不能用得上的公司福利。我终究还是要有一个安定的家。”钱多多说。

钱多多是铁了心要嫁给小白脸，罗兰也是铁了心要嫁给李东海。而我呢？我长这么大好像从来就没有铁过心要嫁给谁。

我和罗兰喝得有点多，我给多多送祝福，希望她可以早生贵子永浴爱河生死相依不离不弃。我给罗兰送祝福，希望有朝一日李东海能有觉悟，从裤兜里掏出5克拉钻戒跟她求婚，然后一起浪漫地变老。我们举杯祝福彼此，我们放声大笑，我们放肆大哭。在这座“杯”欢离合的城市，我们窝在黑暗的小角落细数往日悲伤。

去他的酒精过敏！去他的爱情！去他的婚姻！我蜷在沙发里，感觉好温暖。

“你打算什么时候跟陈真结婚？”钱多多的话像一盆冰冷的水从我的头上泼了下来。我猛地打了一个寒战。

结婚？跟陈真？我分不清我是在笑还是在哭。

“人家都帮小助理倒时差倒到床上去了，还结什么婚？”

“你和娘娘腔别总是玩‘聚散离合’的把戏了，要爱就狠狠去爱，不爱就他妈滚！”罗兰可真狠，狠得直接在我胸口补了一刀。

“刚你电话里跟我说被他甩了，是不是真的？”

“本来我们就没承认在一起过，有什么甩不甩的！”我突然朝罗兰大叫。

罗兰也不含糊：“我问你是不是真的被他甩了？”

“是啊！我被他甩了！你满意了吧！”我朝她大吼。

整个世界变得异常安静，我听见了自己的哭声。我从来没有像现在这样难过，我从来没有想过有一天陈真会不要我。四年的时间，他追了我足足四年。是他陪我看电影首映，是他给我带夜宵，是他帮我搬家，是他二十四小时待命，是他知道我没带伞着急地开车来接我，是他每天关心我有没有吃饭，是他给我买卡地亚、煮牛奶，是他替我整理房间、收拾书桌，是他整天想方设法哄我开心，甚至哄我全家开心。我的第一个Coach包是他给我买的，我最喜欢的香水是他送给我的。情人节他匿名给我送花，知道我失眠他陪我讲一整夜的电话哄我睡觉。是他每次出差都记得给我带各种礼物，是他专门点那几道我爱吃的菜……而我却一直给他颁发“男闺蜜”“备胎”“好人”“临时男友”等各种荣誉称号。我就是仗着他喜欢我更多一点儿，所以我更加肆无忌惮。

“是啊，刚分的手。他跟Bella在一起了。他居然还来质问我跟黄达是不是有不清不楚的关系。”

钱多多义愤填膺：“他还挺能倒打一耙的啊！”

“何止啊，我看那个Bella是个精明的狐狸精。她一定让你看清局势，大谈你的姿色，说你没有事业线。这年头大家都是公平竞争，优胜劣汰。”罗兰的话让我更想哭。

钱多多气狠狠地说道：“不行，明天我就得找那对狗男女算账，他们俩还有理了。”

我哭得嗓子沙哑：“算了，反正今天晚上我该做的和不该做的都做了，从此以后那两个人跟我再也没关系了，这事就到此为止。”

“男人总是喜欢不断累积战利品，因为数量的多少决定了他们魅力指数的高低。”

不知道从什么时候开始，钱多多对别人的事总能做出画龙点睛般的总结，而对于她自己的事情，在我们眼中她显得如此没有城府。

“真不是东西，我看他那娘娘腔的德行就知道他是花花公子，压根比不上我们家李东海。”

我已经没有力气再去做多余的对比。我只知道在爱情当中我一直是个loser。

我的身体开始发烫，我知道这是酒精过敏的前奏。我们三个一起举杯：友情万岁，男人都是王八蛋！

是啊，男人都是女人眼中的王八蛋。你说你要玩市场经济，他却在弄计划经济。你想要资本主义式的晚餐，他只知道做社会主义的大锅饭。你想告诉他什么是好男人的标准，他满脑子都是男盗女娼的思想。你觉得人格魅力才具有挑逗性，他通常认为只有32D才够性感。

蒋老板进来看了我们一眼，说有需要的话他会把我们一一送回家。再后来，我的意识有些模糊了。蒋老板是个好人，但好男人为什么总是沦为我们的备胎？

16
男人与女人

我急躁、叛逆，还喜欢孤芳自赏，总觉得自命不凡非要改变世界。我喜欢高高在上的自我优越感，即使是去便利店买瓶矿泉水都得挑牌子装体面。我也喜欢表面一团和气阿谀奉承装素质讲道德，背地则指着太阳骂“三字经”。我整日抱怨生活水深火热叫苦不迭，总是希望坐在家里，等待着电影情节发生在自己身上。我从来就没有想过哪天悲剧会降临到自己的头上，但它还是发生了。

现代人很忙，有的人忙着结婚，有的人忙着求婚。有的人忙着卷铺盖回家，有的人忙着跻身北上广深。这代人在车轮滚滚中成长，见证时代的列车将我们带去远方。从我们衣衫褴褛背负行囊踏足这片土地开始，就忙着在看似繁华的码头找到一份搬运工的职位，只求曾在这片土地上灿烂过。我们忙着梳妆打扮去奔赴下一个约会地点，只求与心爱的人共进晚餐。我们忙着处理人际关系，忙着照顾领导感受，忙着比较同事的核心竞争力，忙着吸引客户的重视，忙着关注财政的收入对比，忙着查看土地改革政策，忙着注意邻居大伟的新车logo，忙着回味昨晚约会姑娘的三围尺寸，忙着留心老丈人家表姨父的外甥的公务员考试情况，忙着关心二表哥的同学读博留美与洋妞世纪婚礼而自己年过30机电毕业身高168厘米税前月薪5400元却无人问津，忙着讨论某女明星走红地毯不知道是不是故意走光而不断在网络匿名留言以达到某种心理上的满足。

忙碌，浮夸，渐渐找不到自己。

借着醉意我忙着编辑分手短信。或许我是真的醉了，否则我怎么会就这样妥协，就这样放他走，我想我是疯了。

和陈真发完短信后，我猛然间变得异常清醒，仿佛长这么大从来没有这样清醒过。我拿着酒瓶就往嘴里灌，可为什么越灌我的胃就越难受，我的身体像是被解剖开来。我伤心欲绝，泪流满面。我不知道自己是怎么离开的，我摇摇晃晃地走在街头根本分不清南北。

城市退去了白天的燥热，夜深了，四周变得冷清了不少。耳边有个清晰的声音不断地提醒我：陈真他出轨了，这次他真的不要你了。

我从来没有想过这个男人已经深深植入我的灵魂，他的离开会让我有撕心裂肺的痛。

我又想起很多，想起他四年前第一次见我的样子，想起他曾无数次地向我求婚，想起他差点在我面前死掉，想起他照顾我宠着我。越是浪漫的回忆越像一把把匕首，我努力回忆他的不好，可是他有个前妻那点儿破事在此刻突然变得一点儿都不重要。我一路飙眼泪，从小到大从来没有这么狼狈过孤独过。我突然很想回到小时候，那个时候我们只有过家家放风筝的交情，那时的我们压根不懂男欢女爱这种东西，我想着人要是永远不长大该有多好。

我也不知道我走了有多久，罗兰疯了似的追上了我，把我紧紧抱在怀里。我听着她对我说："妞，我们知道你难受，你想哭就哭，你想喊就喊。我们都陪着你。"

我哭到岔气，我怎么也没想到自己会栽到陈真手里。罗兰和钱多多把我扶进了蒋老板的车里，罗兰抱着我，我的脑袋靠在她的肩膀上。我空洞的瞳孔就这么盯着车顶，脑袋里一片空白。我觉得这是不是老天给我的现世报，我曾经把李东海弄丢了，现在活该我被陈真给甩了。

罗兰说："李晓，你也别哭了。我早就跟你说，陈真这娘娘腔就是不靠谱。人有时候不能总是看表面，什么他长得有点帅了，穿衣服有品位了，对你有多好了，这些都是男人糊弄我们的伎俩。恋爱是两个人的事，但更多的时候是你一个人的事。你可以要求自己对他保持高度忠诚，但你休想指望对方不劈腿。"

"男人有时候比女人更着急结婚，与他同龄的小学同学的孩子都开始上高中了吧。姑娘们还可以挑三拣四不愿意走入婚姻围城，可男人已经面临兵临城下无路可退的境况。过年回家，你就是他孝敬老人堵住七姑八姨和街坊邻里悠悠众口的最佳礼物。"钱多多说。

"我想起我妈现在的样子，每天催我结婚的口气就跟催命符一样。"罗兰说完，蒋老板回头看了她一眼。

蒋老板一直爱着罗兰，可惜罗兰只把他当个体户。

"唉，催婚是我们这个时代特有的一种产物。我们在中学的时候不许我们早恋，我们大学的时候忙着考研考公务员没时间恋爱，好不容易毕业了开始四处物色工作耽误了恋爱。后来我们才发现，我们根本没时间恋爱就已经到了该结婚的年纪。以前他们不让我们恋爱，现在却逼着我们结婚。我想那些被逼婚成功的男男女女也未必过得幸福，而那些白了头发手牵手的老爷爷老奶奶你也不知道他们对彼此放过多少次狠话嚷着要离多少次婚。”

钱多多真有文化，如果当时Bella羞辱我的时候，她在场该有多好。就算局势不可逆转，就算陈真是铁了心要跟Bella生死相许，她那三寸之舌多少还可以替我挽回一点儿自尊。

罗兰说：“其实，我觉得他劈腿的原因是因为他追求你太久，追得他人仰马翻自尊心严重受挫，无奈做出的其他选择。时间久了，男人已经懒得半夜对着你唱情歌，懒得整天惦记着哪天是情人节，他们懒得和年轻的姑娘聊血型星座，更不想隔三岔五就得向你表决心发毒誓。因为他们早已经过了恋爱的年纪，他们更渴望的是下班回来后有个叫妻子的人给他们做一顿晚餐。人，终归是要有自己的归宿的，我们终将学会妥协。”

妥协？可是我为什么要妥协啊？这个时代的男女之间压根就没有什么正义公平可言，凭什么男人出去鬼混就是风流，而我们女人出去玩就得被世人唾弃。为什么男人出轨可以看作是荷尔蒙的一次发作，而女人出墙就要遭到社会舆论的谴责？我不会原谅陈真，永远不会。

“的确是啊。”钱多多长叹了一口气，“李晓，你知道吗？我比王金大了好几岁，所以我和他之间从来就没有过公平。同样是工作，男人加班说明有事业心，女人加班说明对家没有责任心。同样是下班，男人不做家务是天经地义，女人不做家务就是天理不容。

同样的年龄，男人四十岁还有大把的女人爱，女人到了四十岁基本就是明日黄花没人要。同样是结婚，女人要忍受婆婆的百般刁难，而男人却享受丈母娘的百般呵护。同样是离婚，恢复单身的男人是抢手货，而离异的女人则变成了二手货。”

我觉得自从我借钱给钱多多买了房子以后，特别是她跟未来婆婆斗智斗勇了一阵子后，她对爱情、婚姻、人生的感悟深刻了不少。

罗兰对我说：“婚姻，带给女人的简直就是灭顶之灾，所以你跟陈真分了也好。”

我猛然间想起是谁每天盼着李东海向她求婚，她的毕生所求就是要当李太太呢。

我渐渐平静下来，冷不丁地说了句：“那你跟李东海是不是迟早有一天也得经历血光之灾啊？”

“去你的！”罗兰把我推开，“我跟李东海可不一样，我们谈了这么多年，我就是在等这一天。这一天就是我的脱贫日，我们是奔着小康去的。而且我们之间已经形成了一套固定的相处法则，比如有些昵称只有我会这么叫他，比如那些只属于我们俩的纪念日，比如哪场电影我们曾相拥而泣或捧腹大笑，比如他晚上睡觉习惯靠右边睡，比如开春的时候去喝茶冬天的时候泡温泉……”

“搞得好像我们和男朋友就没有这套相处法则似的。”钱多多反驳。

“不一样，比如他的副驾上摆的都是我的东西，任何同性或者异性上他的车都不可以坐在副驾上，那是专属我的位置。比如他的钱包不管新的旧的里面只能夹着我的照片，任何女人跟他约会都会知道有我的存在。接下来，我会让他的无名指带着戒指，让那些对他垂涎已久的女人恨自己来得太晚，他早被人捷足先登。”

“其实我觉得，不管是爱情还是婚姻，两个人相处久了，自然而然会产生一套属于两个人的相处法则。这套法则就像两个人感情的润滑剂，一个习惯性的动作，一个耳熟能详的昵称，甚至是一种习惯性的亲吻模式，都将是挽救两个人爱情的救命稻草。”钱多多补充。

可是我跟陈真是不可能了。我知道他腰部有个胎记，但这个地方已被Bella侵略。我和他都喜欢寒烟咖啡馆的猫，但我知道他迟早有一天会带Bella去。我教他出国怎么可以买到打折机票，这一招学会了他就可以带Bella去出国旅行。我觉得我只是手把手地调教出一个好老公，然后免费送给了Bella。她甚至连谢谢都没说，就直接把礼物拆开了。我听见自己心碎的声音。

我想着陈真的背叛，心又开始如刀割一般，任何关于宗教、哲学、情感文学、心灵鸡汤对我来说都没有任何疗效。真正能把我从痛苦中救出来的最好解药就是我找一个更完美的男人出现在陈真眼前，让他后悔自己眼瞎，抱着我痛哭流涕对我重新回心转意。而我高傲得像个公主，只是轻轻朝他笑笑，说：“谢谢你曾经陪我走到这一站，下一站我只想跟我身边这位真命天子永结同心。当然，我们结婚的时候会给你请帖的，到时候记得要来哦！”

我觉得只有这样我才能真正痛快。

钱多多说：“有时候我们总喜欢把事情想得太过于复杂。等时过境迁之后，回过头来想想，发现这都不是事儿。每个人都会有自己的选择，每家都有一本难念的经。李晓，不管怎么样，我们都会支持你。”

我对钱多多说了声“谢谢”。她俩看见我脖子上已起红疹，是酒精过敏的症状，连夜又把我抬到了医院，蒋老板鞍前马后给我交钱办手续。医生给我开了几颗药，说了一堆“女孩子要少喝酒，对酒精过敏更应该注意”之类的话。后来，蒋老板把我扛到了家，罗兰和钱多多伺候我到床上。当门被关上的那一刻，我似乎一下子又清醒过来。空荡的房间好像会闹鬼，裹在衣服里面的这具尸体还是我吗？我又陷入了失恋的沼泽地里，我躺在沙发上，看着天花板，发现上面印着的全都是陈真的影子。难受。但我一遍遍告诉自己：天亮以后要振作，没什么大不了的！

一整夜，我觉得自己好疲倦。

我从朦胧中醒来，又在朦胧中睡着。我分不清是白天还是黑夜，也不知道皮肤表层湿淋淋的液体是汗水还是泪水，总之身体黏糊糊的，空气闷热得使人缺氧。

突然，我感受到温热的水洒在我的脖颈处，房间里变得氤氲而温暖。我仿佛像个待在子宫里的婴儿，蜷着身子汲取母体的养分。我还感受到一双有力的大手把我从颠沛流离的摇篮中抱起，裹在襁褓中。一阵来自波西米亚和煦的微风带着加州傍晚夕阳的余热，伴随着《G弦上的咏叹调》让我沉沉睡去，安静而祥和。

我醒来的时候发现自己换上了干净的睡衣，头发好像是昨晚刚洗过，上面还残留着欧莱雅的清香。床边放着一杯水，摸上去还有些温度，看来是刚倒满没多久，旁边还有一盒拆开了的氯雷他定。

“你可算醒了。”罗兰顶着没睡醒的头发幽幽地说。

她揉了揉眼睛，打了个长长的哈欠，从沙发上坐起，看了眼手表，利索地收拾下自己，穿起落在地板上的衣服，洗了个脸。

“你醒了就好，我得赶去上班了。今天你就在家好好歇着，一会儿我向公司替你请个假。”

她走的时候，我对她说了声“谢谢”，我没想到在自己最落魄的时候竟然是她在照顾我。如果有一天落魄的人是她，我是会像她一样掏心掏肺地照顾着对方，还是会躲在角落里暗自幸灾乐祸？我们是最亲密的朋友，但同时也是最讨厌对方的那个人。

罗兰摆了摆手：“跟我客气个屁啊！记得吃药！”说完，她便走了。

17
B计划

有时候我们会发现，每个人都喜欢给别人提出形形色色的建议，有的大义凛然，有的理直气壮，但是没有一条他们会用在自己身上。针对像我这样的倒霉鬼来说，任何有效或无效的意见像纸片一样纷至沓来把我淹没也依旧填充不了我内心的空洞。然而，罗兰就像是一味还魂草，有起死回生之功效。

我决定要重新振作起来，不就是失恋嘛，没什么大不了的。我不想一个人待着，独处会让我胡思乱想。我吃了药，拨通了黄达的电话。陈真的离去让我变得自卑，而黄达的出现却像是一根救命稻草。女人的一生中，或多或少总有那么几个备胎，选A或者选B。如果A的离去粉碎了我的梦想，那么B会好好呵护我，他已经摩拳擦掌很久了，现在他只需要一个机会。

他接完我的电话就火速来到我家楼下，二话没说带我去看电影。他看得出我心情很低落，但他没有问我是失恋了还是被甩了还是男朋友出轨了，一句多余的废话也没有。他知道我的坏情绪需要发泄，特意选了部爆笑喜剧片。他还去买了热饮料、爆米花，以及一盒抽纸。

我在电影院笑得人仰马翻也哭得死去活来。他给我递饮料，递爆米花，递纸巾。从电影院出来风有点大，他把马甲脱了给我披上。我有一搭没一搭跟他聊我的兴趣我的爱好我的梦想，他只是静静地听着，仿佛是来听一场音乐剧，而不是正对着一个高谈阔论发表演讲词的我。

送我到楼下的时候他很规矩，没有提出送我上楼或者要上去喝杯咖啡什么的，只是淡淡地跟我说："快点上去，洗个热水澡一切都会好起来的。"他一直目送着我的背影，我回头看他的时候他满脸堆着笑，笑得是那么货真价实，不带一点儿虚情假意。

晚上，罗兰还在办公室加班，她怕我从此一蹶不振，一直在给我猛喂安慰药。她还是那个强势的职场白领，高冷，让人不敢轻易靠近。印象中，好像没有什么事情可以打倒她，即便是她等了这么多年的感情依旧没有修成正果，她也没有气馁。她甚至比男人更有雄心壮志，尤其是当了李魔头的助理以后，她的抗压能力和应变能力更是一般小女子所不能及。

另一个知心大姐钱多多也向我打来问候电话，劝我苦海无涯回头是岸。然后在电话那头不断告诫我爱情当中男人是个精明的会计师，他们懂得投入产出比，他们懂得风险投资和如何抄底，劝我别中了男人的诡计。她俨然忘了口齿伶俐的她却找了个只听妈妈话的乖宝宝。

正所谓：当局者迷，旁观者清。

黄达在我做面膜时电话我，说以前我提到的《月亮与六便士》

这本书他已经给我买好了，应该这两天就可以收到。他说人可以感情空虚，经济空虚，但绝不能精神空虚。最后他说毛姆的小说很精彩，看完以后会觉得世界又变得美好。挂掉黄达的电话我有点暖心，他讲话的语气像个博士，让人觉得他很有深度。就像罗兰说的，现在随便一个男人都可以对我乘虚而入。

我打开电脑发现自己无事可做，我想写诗求佛念经甚至弹钢琴哪怕跳广场舞，但我实在是打不起精神。我想就这样浑浑噩噩地度过漫长的黑夜。我想着陈真的卧室可能已经换上了Bella的人体艺术照。他的床单说不定也换成了Bella喜欢的款式，他家的冰箱里放着的我爱吃的食物恐怕也都过期了，他们俩手牵着手一起去逛第六空间，他家可能早已发生翻天覆地的变化，因为里面换了女主人。

我被陈真甩了的事还不敢跟我爸妈报备，我怕我爸会想不开，快30岁的女儿居然没人要。我更怕我妈会把陈真那个人渣先枪毙几分钟，然后拖着我求爷爷告奶奶的四处相亲低价处理。我的人生观价值观瞬间倒塌。我现在失恋了，我不能跟几年前一样潇洒转身，说分手就分手。我现在必须要顾及我爸的感受，我妈的人际关系，楼下保安看待我的眼神，邻居大妈们的态度，远亲与近邻的议论。是啊，不就是被人给甩了嘛，不就是快30岁的老剩女被个人渣给甩了嘛，可为什么背负各种罪孽各种舆论的是我，而那个劈腿的渣男却一点儿都不用受到道德的谴责，反而可以带着他的新欢逍遥快活？我又不是离婚，也不是出轨，为什么我要被人戳脊梁骨？我恨这个世道的不公。

失恋的第一天终于要结束了，而我在孤独中迷航。我把音乐开到最大分贝，我翻出喜剧老片一遍遍播放。黑夜很漫长，我知道以后的路得靠自己走。

第二天罗兰拉我去上班。她说疗伤的时间最好不要超过36小时，不然失恋就像一种慢性疾病，随时可以在布拉格的广场、挪威的森林、巴黎的锁爱桥、希腊的爱琴海、帕劳的海豚湾急性发作，且无药可救。她给我带了奶油蛋糕和热巧克力，她还说这个热量虽然有点高，发胖的概率有点大，但甜食会让人觉得幸福。

罗兰想要唤醒我麻木的幸福感，她让我吃甜食，让我听*Love Story*，开车载我去上班，摇下车窗去兜风，给我讲冷笑话，一起回忆小时候的那些事……

可是一整个上午，我这张长期便秘的脸上涌现出开会焦虑综合征的表情。因为长期依赖咖啡而胃肠欠安。26摄氏度的冷气撕掉假装幸福的外衣，过量的文件让我的心脏负荷沉重。把自己从二尺的腰围中解放，却发现自己比上周瘦了两公斤。想要剪掉多年的长发从头开始，打电话预约文身师，在锁骨处文一串英文营造性感的味道。坏心情写在脸上宣告全世界都欠我钱，不再相信爱情仅次于不相信天气预报。

黄达又来公司给我送爱心便当。以前，能给我送便当的人只有两个，一个是李东海，他成了我死党的现男友。另一个则是陈真，他却拜倒在32D的怀里。我耳边突然想起罗兰对我说过的一句话：这个世界上没有谁会莫名其妙地对你好或者爱上你，一见钟情的心跳只不过是因为你和他的梦中情人撞脸。可是现在的我，精神空虚爱情破产，我亟待需要一个人给我供暖。

黄达穿得有点酷，白白的T恤配着裁剪得极好的马甲背心，干净的牛仔裤下面配着一双马丁靴，身上还散发着一股淡淡的芬芳，也不知道他用的是哪个牌子的洗衣粉。

他问我这身打扮怎么样，有没有一点儿摇滚范儿。我点头说了句“还行，至少不会像个IT民工”。他戴上墨镜要离开，示意我中午要好好吃饭。他今天看起来有点反常，我怀疑他最近看多了美剧。我捧着便当往座位上走，前台问我刚才那个人是谁，帅得她快要窒息，问我他是不是单身，她好想要他的电话号码。我朝她笑笑，心里却朝她翻白眼。上次极不耐烦地叫人家外卖男，今天换了件马甲你就觉得像贝克汉姆。

我打开便当盒，里面是用多种寿司和水果拼成的笑脸模样，看上去像是用了点心思。我有点儿感动，我恨自己被一份便当收买了。寿司里面夹了张纸条，说他会来接我下班，字很俊秀，估计小时候练过书法。

罗兰从李魔头的办公室逃出来，走到我身边：“晚上一起吃个饭怎么样？”

“你不陪着你们家李东海整天约我吃饭干吗？”

“哎哟，我不是知道你失恋了想来安慰安慰你吗？怕你一个人孤单寂寞冷，去抹脖子怎么办？”

“没有你想得那么糟，我现在好得很。”

“你可别嘴硬，我还不知道你，嘴上说得跟没事人似的，心里没准儿正凌迟呢。”

“我真没事。”

“没事就不能一起吃个饭了，我还想跟你聊聊李魔头的癖好呢。”罗兰特意把“癖好”两个字说得特别轻。

八卦领导不为人知的“癖好”这个我挺有兴趣的，但我想到晚上要赴黄达的约会，忍痛道："还是不行，我今天晚上有约了，'癖好'这事咱们以后慢慢八卦。"

"约谁了？"罗兰警惕得像是我妈。

……

"你不会真看上了那个外卖男吧？看他追你的手段一点儿都不韩剧，反倒像极了老处男。"

"应该没有你想得那么糟。我们终其一生会遇到很多人，男人就像一颗洋葱，女人只有一层层剥开才会发现他们的与众不同。我把这称为洋葱爱情法则。"

"说得还挺文艺的。但剥洋葱会熏得泪流满面，而且不是每颗洋葱都能开出水仙花。他之所以会爱上你，是因为你有体面的工作，还算看得过去的脸蛋，以及……身材。"

"如果他这么现实，不去找女明星女模特来找我干吗？"

"因为他有自知之明，知道那些女人不会看上他。你不会因为陈真的离开而降低择偶的标准和基本的审美品位了吧？这预示着你下半生的快乐打了很大的折扣。你确定晚上要跟他约会？"

"不是约会，仅仅只是吃个饭。"

"那你应该技术性地迟到半小时，让他觉得约你一次有点难。菜上齐了就准备接听一个叫Rachel或者Eric的男人的电话，顺道对着电话讲几句Chinglish(中式英语)表示拒绝。让他知道你的社交圈不仅限于960万平方公里。饭后他若意犹未尽地约你去看电影，你告诉他很抱歉你晚上还有别的约，让他明白你是美金欧元，国内外男人都想把你征服。"

我白了眼罗兰，她跟李东海说出来的话惊人的相似，他俩简直天造地设。

我放了罗兰的鸽子，跳进黄达的车，去迎接下一个惊喜。我总是喜欢那些在茫茫人海中让我怦然心动的人，或者是那些整天可以给我制造惊喜的人。这就像是一场探险，我急切地想要像剥洋葱一样看到他的真心，好像这样才能证明我并不是爱情中的loser。

黄达开着车子带我来到西湖边的一家餐厅，我们选择靠窗的位子坐下。他问我有没有什么忌口，我摇了摇头。他扫了一眼餐厅，从嘴里报出几个菜名，竟然全是我爱吃的。

他看着我一语不发，我们俩在这样的沉默中笑了，这感觉仿佛又回到了最初认识的那段时光，那时我们的嘴很笨，问出来的问题都很糟，聊天的话题都不痛不痒。我看得出他不善于和女孩搭讪，他使用的伎俩很老套。

“你是不是见每个女孩都上去搭讪啊？”我打破了沉默。

他连忙摇头解释：“其实第一次来给你送外卖的时候，我就想跟你说话，但是一直不知道怎么开口。”

“直到那天我们单独在电梯里遇见？”

“是啊，我觉得这是我们难得独处的机会，虽然我知道你有男朋友……”

“可是我现在又成单身贵宾犬了。”

“我当单身贵宾犬已经有四五六七八年了吧。”他笑了笑。

“那你怎么一直没找女朋友？”

“创业没时间……”

……

他跟我聊起他上一段痛彻心扉的感情，时间最终会把对一个人的思念冲得很淡很淡。他还跟我谈起了他的家庭，他们家三代经商，到他这里一代不如一代。

跟他聊天很开心，他的话里既没有刻意地讨好我，也没有过分地修饰自己。他仿佛就是在讲一个动人的小故事，里面掺杂着他独有的幽默感，我听了，笑得眼泪快流出来了。

我失态了，当我看见陈真的大红跑车停在外面时。Bella紧紧挽着陈真的胳膊像在宣告主权，从这对狗男女走进餐厅开始，我的视线就一直徘徊在他们身上。我把食物当成憎恶的目标，不断地用叉子恶狠狠地戳进去。让我觉得刺眼的是，Bella像条蟒蛇似的用强烈的侵略性姿态缠绕着陈真，而陈真看她的眼神像在品读一支Tom Ford香水广告,带着明显的挑逗。

“那女孩几乎都要扑到那男人身上跳钢管舞了。”黄达突然说道。

我转过头看向黄达，意识到自己刚才的失态。

“对不起啊。”

“那个是你前男友和他的……”

我低着头“嗯”了一声。

“没事，人这一辈子这么长，谁还没遇上几个人渣啊。你等一下啊。”

黄达起身走了，对着服务员窃窃私语了一阵子，而我的目光依旧死死地盯着陈真。我倒要看看，他们能恩爱多久。

餐厅里突然响起*Kiss The Rain*这首曲子，我起伏的情绪像打了一剂镇静剂，我安静下来了，整个餐厅也安静下来了。我就这样远远地看着陈真，安静地看着，仿佛我从未走进过他的世界，或者，他从未来过我的世界一样。

黄达朝我笑着走来，问我喜不喜欢这首曲子。我“嗯”了一声，视线又重新回到陈真身上。

“我专门为你点的。”

我有些惊讶。太煽情太偶像剧压根不是我的做派，但我的爱情故事却被翻拍成狗血的连续剧。

一曲奏完，主持人向黄达抬手示意，并宣布：这首曲子是那位先生专门为他的女朋友李晓点的，希望她每一天都快乐。

我发现所有人的目光都朝我望来，餐厅里响起了掌声。陈真和我的视线有了交集，我看不清他闪烁的目光中是否带着一丝愧疚。

黄达借势拉着我的手对我说：“你要向他展示你没有他依旧可以过得很好，失去你将是他这辈子最大的错误。”

吃完饭以后，我们从陈真的身边走过。

陈真看见我有些尴尬，我礼貌地打了个招呼：“今天很巧啊，能在这里和你们遇见。”

陈真语无伦次：“巧……是巧啊。”

我把黄达拉到我身边向陈真介绍道：“这个是我男朋友黄达。”

黄达准备跟他握手，但陈真没有握。

“挺好。”

“那我们先走了，有机会再聚吧！”

陈真点点头。

黄达搂着我从餐厅里走出来，我看见Bella噘着嘴，满脸的不高兴。而我一下子觉得轻松了不少，似乎很久没有这么痛快过了。

后来黄达开着车带着我兜风，我们满杭州城地转。同样是这样一个夜晚，就在昨天我还是一个人孤单地走在街头找不到回家的路。

原来，我并不是只有陈真。

18 幸福才刚开始

我开始享受黄达追求我的感觉，他可能没有陈真那么有品位，但年轻就是他的资本。他可能没有陈真那么有钱，但他有一颗上进的心。他可能没有陈真那么fashion开着车到处回头率爆满，但他与日俱增的上进心也不是一朝一夕养成的。他或许不能像陈真那样，当我在卡地亚门口徘徊来徘徊去的时候果断地给我买一条心型手链，不能在新品上市的时候看也不看价格就买买买。他也不可能像陈真那样带着我欧洲十日游，可能以后旅行的目的地只限东南亚。但那又怎样?

他会给我做便当，能和我聊希斯洛普，愿意陪我看《疯狂原始人》。他教我弹钢琴，陪我下围棋，带我去听国学讲座。他没有名牌包包，但他买的每一颗葡萄都很精致。他的车看上去有点旧，但室内的环境很舒适，没有多余的垃圾。他带我去看海，说要跟我一起见证爱情的海天辽阔。他带我去看夕阳，说这样一起到老真的很浪漫。他牵着我过马路，说不管前方的路怎样难走都要一起面对。

天冷了他给我系围巾，下雨了他给我送伞，中午给我送便当，每天让我补充维生素。他对我体贴入微，我感动得几乎要叫他爸爸。

罗兰最近一直没空理我，看得出来她被李魔头逼得想要去变性。她每天把自己装在职业套装里，脸色苍白得像僵尸，嘴唇鲜红得像吸血鬼。她工作量大得惊人，打字速度明显提高，讲话节奏明显加快，汇报的工作明显增多，会议多得她没空接听电话。由于她出色的工作能力，李魔头开始对她表露出心迹，他对她很体贴，我经常撞见李魔头半夜送她回家。他对她很温柔，离别的时候会贴面吻。他对她很器重，跟别人介绍的时候总是一脸自信，说这是我的贴身私人助理。他看她的眼神越来越暧昧，明显想要攻克她的城池。

李东海好几次打电话跟我抱怨罗兰的眼里只有她老板和工作，这么下去他就要采取紧急措施。我从电话信号里就能闻到浓郁的酸溜醋味。我笑着对李东海说，当初罗兰每天眼巴巴地仰视你等着你跟人家求婚的时候，你对人家爱搭不理，现在人家在职场飞黄腾达了，你这时候才开始知道玩命地追不知道有没有为时过晚。

我跟钱多多也有很久没有联络了，这位御姐自从包养了王金那个小白脸，整天没日没夜加班加点地挣钱还房贷攒嫁妆。她是我们仨中最玩命的那位，白天要哄着老板，晚上回家还得哄小白脸。对待王金，她采取的永远是有容乃大的态度。他没钱了伸手管她要，一点儿也不觉得脸红。家务活他一点儿也不干，喝个粥还得等她拿汤勺。他的钱可以全上交给老妈，而她的钱则全用在养家糊口。有时候，我特佩服钱多多，干脆把我也给包养了吧，我正好缺这样一位体贴入微的妈。

几天后，钱多多约我和罗兰一块儿吃饭，本来我约了黄达，而罗兰正忙着写报告。我俩合计着改天再聚，这年头，聚会吃饭这种事都得提前一礼拜预约，我们都忙着事业忙着恋爱忙着约会忙着应酬，我们真的很忙。

钱多多冷声冷气地说：“今儿个我是准备给你俩还钱来了，要是你们俩没空就改天。”我猛然间觉得跟黄达的约会哪儿比得上见我的好姐妹重要，罗兰也觉得工作一下子没那么重要。我和罗兰撒丫子拦了辆出租车，奔赴钱多多说的吃饭地点。

刚跳上出租车，我就问罗兰：“你借给她多少钱？”

“没多少，才10万。”

“10万？”我一屁股没坐稳。

“是啊，我这些年压箱底的钱呢。话说，你借给她多少钱？”

在这个伸手不见包子的夜晚，我朝罗兰伸出五根手指，我一脸羞愧啊，我居然当了这么多年的月光族。

“50万？”

“5万，还是从我亲爹的小金库里给借出来的。”

罗兰对我表示了深刻的同情，为此，她付了打车费。

当我们俩齐刷刷地出现在餐厅的时候，钱多多已经点好菜，她热情地招呼我俩过去。王金今天也在，他正在拿手机埋头玩游戏，连头也没抬一下。

我们一边吃饭一边瞎侃，谁也没提钱的事，虽然今天的主题就是钱，但姐妹之间开门见山就谈钱多俗啊。

最后还是多多开的口：“有姐妹真好啊，一会儿你们把账号发到我手机上，我回头把钱转你们账上。”

“我们又不急着用钱，你要是需要先继续用着……”我口是心非。

“刚好现在手上有闲钱了，能先还一笔是一笔，等房子装修好了，你们就该来喝我俩的喜酒了。”

“你还真打算结啊？”罗兰问。

多多点点头：“你这不是废话吗？”

“到时候你们一定得来啊，我还请了几个好哥们儿当伴郎呢。李晓，听说你失恋了，到时候伴郎团里随你挑。”王金这孙子狗嘴里真是吐不出象牙来。

我真差点一口恶血就喷到他脸上。

“听妈妈的话，好好玩你的游戏。”

罗兰一脸奸笑道：“人家李晓吃香得很，现在正处于热恋中呢。”

“跟谁啊？”钱多多和王金异口同声。

我拦着罗兰想求她闭嘴，但罗兰压根不理我。

“就是我跟你们说过的那个外卖暖男。”

“外卖暖男？”

“是啊！”

“李晓，看来你是真准备换换口味了？”王金冷笑着，这口吻跟罗兰是一模一样。

“你不是真打算去当面馆老板娘，做个什么‘拉面西施’到处招揽生意吧？”

“他的手工面馆很有情调，待在里面的感觉像在吃日料。”

“那你告诉我们，你到底看上他什么？”

“他对我好啊，我们精神上门当户对啊。”

“这个世界上，没有谁会莫名其妙地对你好，除非有什么不可告人的目的。”

“无非就是荷尔蒙分泌过剩，不知道多巴胺能风起到几时。”钱多多并不看好我的新恋情。

“人不可貌相，海水不可斗量。不是这个世界上没有好男人，是我们压根不愿意敞开心扉让那些好男人在我们残破的心里安家落户。”我反驳。

“谁知道那个黄达爱上你是不是看上你的家庭背景？你有体面的工作，你交过的前男友不是去法国就是去意大利，你长得漂亮脸蛋又好，皮肤很赞抚摸起来像他的初恋女友。”罗兰的嘴可是越来越利索了。

“谈婚论嫁虽不是称斤论两的买卖，但也绝不是道德绑架的慈善事业。你毕竟吃习惯了燕窝，让你吃一辈子粉丝你受不了的。”

我一个人哪儿说得过这三张嘴，趁着罗兰在啃鸡翅膀，钱多多在吃土豆泥，王金跷着兰花指在喝果汁，我才放大招：“他很单纯，从来不知道‘我爱你’这三个字怎么念。他的手很僵，拥抱的时候不知道放在哪儿比较安全。但他的嘴很甜，吻起来像吃马卡龙，他把我看成是初恋，和我在一起他会心跳加速。他诗情画意，不会把Gucci穿成地摊货。你不会担心跟他吃晚餐点什么菜，因为他早已把我看穿。他会在被我吻到无法呼吸的时候谈谈哥白尼的日心说和西方美学史，问我想不想喝咖啡，他新买的咖啡豆味道很好。他还给我搬家、修电脑、送水、装电灯泡、通马桶……服务的项目有点多，但从来不收费。他把我当成他心目中的女神，我也渐渐快要把他当王子了。”我跟机关枪似的把话说完。

“你是在找老公，不是在找男家政。”钱多多冷不丁地说出这句话来，我喝水都差点儿被呛到。

我看着钱多多，再看着吊儿郎当的王金。“你也是在找老公，不是在收养干儿子。”但这话我没说出口，如果我把这话泼出去，我那5万块钱估计就收不回来了。

饭吃到一半的时候，王金嚷着要吃猪手，但服务员说今天的猪手已售罄，让他喜欢吃的话明天再来。王金气得直嚷嚷，说你什么态度，我要找你们经理谈。我们就这样安静地看着王金无理取闹，看着他义正言辞地把人家经理训得狗血淋头，人家经理一个劲给我们赔不是……钱多多说这事不怨人家，就这么过去算了。谁知道王金不依不饶，嚷嚷着“我是付钱来吃饭的，顾客是上帝”这条至理名言。

罗兰接到李东海的电话，因为她今天放了李东海的鸽子说要赶一个报告，结果打来电话发现她正跟我们在聚餐。李东海一下子觉得他在罗兰心目中什么也不是，两个人在电话里大吵了一架，最后以罗兰气得想要摔电话而告终。就听见李东海在那头嚷嚷：“究竟是你的姐们儿、你的老板和你的工作重要，还是我重要？”接着电话就挂断了。

我接到黄达的短信，他问我大概几点回家，他一会儿就来接我。他说今晚风有点大，给我带了件外套。他问我今天和姐们儿一起吃饭开不开心，要开心就多出来聚聚，别谈一场恋爱把最好的闺蜜都抛到脑后。他还说他要换件衣服，一会儿来接我的时候要帅得震碎她们的眼镜，让闺蜜们对我的眼光刮目相看。

吃完饭结账的时候，王金还气鼓鼓地想吵架，钱多多在一旁哄着。罗兰站在旁边抽了根烟，表情看起来很拧巴。我们从餐厅里走出来的时候，黄达也刚刚到。他礼貌地跟他们打了个招呼，说他是来接我回家的，还给我披了件衣服，给我打开车门。我坐到车里，问罗兰要不要跟我一起回去。罗兰笑着摇了摇头。黄达发动车子，再次跟他们告别。

小伙伴们终于明白了我爱上黄达的理由。我要新鲜，就像早晨六点还带着露水的蔬果。我要空间，我是太阳可以普照万物，而他是地球只能围着我转。我要自尊，他是Mr. right，但开口认错的人永远是他。我要荷尔蒙、肾上腺素、多巴胺，既能一见钟情也能天长地久。但她们还是警告我说，爱情的保质期不超过90天。

19
一场鸿门宴

我妈和我爸知道我“丧偶”的消息纷纷给我打来“吊唁”电话。我妈一副“陈真那个二手货，咱们不要也罢”的架势，我爸怕我大龄剩女被人甩了会得抑郁症各种好言相劝。但他俩的话我都没听进去。他们还让我这周末回家散散心，宽慰下我这颗受伤的心灵。

我无意间告诉黄达这礼拜要回家过周末，原本定好出去自驾游的计划也就作罢。原本以为他会很失落，但万万没有想到，他大晚上拎着一堆东西来到我家，那架势不是回乡省亲就是去拜访丈母娘。

“你这是……”我指着他拎来的一堆东西。

他看上去很兴奋：“这是给你妈吃的西洋参，这是给你爸用的护腰按摩器……”

“不是，你该不是想这周末拎着这些玩意去见我父母吧？”

他高兴地抱起我来：“是啊，咱们的事迟早得让你父母知道吧？”

我想着我妈那咄咄逼人的架势，肯定会把他拖出去枪毙，从此之后再也不敢登门打扰。

“我觉得还是下次吧，我先回去探探他们的口风。我不能跟陈真刚分手，就立马带个男人回去，我爸心脏不好，我妈脾气不好……”

黄达似乎看出了我的犹豫，他点了点头：“也行，你先跟他们提提。”

接着他又指着这一堆东西，让我捎回去，就说是我自己买的，孝敬他们。

我听完有些感动，觉得天底下如此善解人意的男人竟然被我找到了。

后来，我拎着一堆东西赶上了回家的公交车。我记得以前都是陈真开着他的车送我回家，跟我一起孝敬我父母。我想起每次他都是恬不知耻地喊着咱爸咱妈，我妈虽说嘴上总是瞧不上这个二手货，也曾给我介绍了几个相亲对象，但在她心里早已默许了我和陈真的关系。我和陈真分手，如果对我来说是灾难，那对他们来说就是灭顶之灾。我坐在公交车上一路想，到时候我该以怎样的姿势拥抱他们，该用怎样的话语来安抚这对两鬓花白的老人。

我是破天荒头一回拎着东西回来，用我妈之前的原话来说，我就是个吃里爬外的白眼狼。

我妈见我拎了一堆东西回来：“哟，小祖宗，哪阵风把你的孝心给吹来了，还知道心疼我们这两个老东西。”说完，她一边东翻西找，一边咧着嘴直笑。

“这不刚被男人甩了嘛，感觉还是爹妈亲。”

“咱们家李晓就是懂事，好闺女，都买些什么孝敬你爹了？”

我爹说着也弓着身子去看东西去了。

我以前总觉得我们家也还算过得去的小康家庭，这些东西他们也不是没见过。可他们今天表现得跟刘姥姥进大观园似的。我想着这是以我的名义给他们买的，我哪怕就是拎着几颗烂白菜回来他们都觉得我有这孝心就欣慰了。要是我说这些东西是黄达送的，以我妈那犀利的目光，这些东西估计又要入不了她的眼了。

我一屁股往沙发上一躺，从小到大难得能有这种喜庆和谐的气氛，以前我在家的时候没少跟我妈斗智斗勇，我爸躲在一边生怕中枪。他表面好像支持我妈，背地里却夸我有勇有谋。

我妈说："今天中午我做饭。"

看得出来她今天真的很高兴，印象中她极少下厨。年轻的时候被我爸宠得跟白雪公主似的，总觉得自己高贵典雅十指不沾阳春水。现在年纪大了已经被我爸惯成了太后老佛爷。虽说我妈急起来的时候朝我爸吼"我当初怎么就嫁给你了"，但她心里其实欢喜得很。我曾一直向往，如果有一天我也能找个像我爸这样的人，一辈子宠着我惯着我就好了。

我还想起以前陈真没事就来我家混个脸熟，我爸把他喊到房间里进行深刻的交谈和洗脑，而我就躲在门外偷听。我爸当时对陈真说，他从来不介意别人说他是"妻管严"还是他攀高枝娶了个大家闺秀。他说他只知道他爱这个家，只想让妻子女儿过得更好更快乐，这样他也就快乐了。听得我眼泪都快掉下来了，但即便是我爸这样一个绝世好男人，还是背着我妈偷偷藏了私房钱。

趁着我妈下厨房的工夫，我把我爸叫到房间里，把当初钱多多管我借的那5万块钱还给他。

他把钱藏好，然后扭着头对我说：“嘘，千万别告诉你妈。”

这已经变成我和他之间特有的规定：别告诉你/我妈。

小时候成绩考砸了，开家长会的时候我让我爸去。当着所有人的面，我那点分数让我爸被老师数落得一无是处。他每次忍辱负重回来，我总是对他说这句：“嘘，千万别告诉我妈。”

他肺不好，全家要求他戒烟。有一次他烟瘾犯了，趁着我妈出门那点儿工夫，躲在厕所里抽烟，被我给逮个正着。他可怜兮兮地求我：“嘘，千万别告诉你妈。”

后来我念大学的时候，跟李东海爱得死去活来但就是没钱用。我悄悄让他多给我点儿生活费，每次多给我个千儿八百就行。他咬着牙偷偷往我兜里塞钱。我也总是很默契地对他说：“嘘，千万别告诉我妈。”

再后来，我意外地发现了他的小金库，他这辈子唯一的小秘密还是被我发现了，里面藏了不少这些年攒下的私房钱，当初我借钱给多多也是从这儿拿的。当时他就说：“千万别告诉你妈。”

我妈做了一桌子菜，我看着满桌子都是我爱吃的。

席间，他们连问也没具体问我和陈真怎么好端端的就吹了，他们怕我伤心故意没提起吧。但话说回来，我怎么也没想明白，我还没跟隔壁老王跑了，陈真他怎么就跟Bella有一腿了呢？我能抵挡一切诱惑，可他能抵挡一切，除了诱惑。或许这就是我们的差别。

饭后我妈终于跟我摊牌了，这气势就跟两国元首谈判似的。

“我跟你爸商量了，你现在也没男朋友，我们给你物色了个对象。”

我看了眼我爸，他故意避开我的眼光，悻悻地洗碗去了。

“你们难道就不能让我缓一缓吗？”

“不能再缓了，你都30岁了，好男人现在都找20岁出头的小姑娘，你这个岁数再缓下去，估计只能找40来岁不是离异就是丧偶的单身汉。”

“可我现在没心情。”

“找对象跟心情好坏没有什么关系，跟时间有关系。再说了，没准儿你们俩对眼了呢？”

“可我什么时候跟你找的那些相亲男对上眼过？”

“这个不一样，这男孩子我看过了，身高181厘米，年纪32岁。硕士毕业，在研究所上班，年薪20万，家里有房子的，跟我们家也算是门当户对。”

我妈不懂什么叫爱情。她没事总拿她和我爸的婚姻当经典案例来对比，现在婚姻自由，但离婚率也节节攀升。她和我爸就是那个年代相亲的产物，至今相濡以沫。显然她早就忘了她没事就指着我爸的鼻子骂：我当初眼瞎了怎么就嫁给你了。

而且最让我无法理解的是，她总是喜欢经济上的门当户对，她喜欢给我报男方的数据，虽然我觉得那些数据跟我没有半毛钱关系。我要的是心灵上的共振，情感上的共鸣。

“你们为什么总是喜欢逼着我相一些你们觉得适合我的人，鞋是穿在我脚上的，合不合适只有我自己知道。”

“但那些鞋你连见也不见，你怎么就知道不合适？而那些你觉得合适的鞋呢，不是恋上你的闺蜜就是跟他的女助理在鬼混。”

我妈的话一下子捅到我的心脏。我琢磨着她怎么对我的事情知道得这么清楚，我想着罗兰不会把这些事跟我妈报告，我想着会不会是陈真，但他估计没有这个胆儿……我有点儿头痛，她几乎要把我最后一点儿隐私空间都压榨干了。在她的面前，我仿佛一直都赤身裸体毫无遮掩。

“我已经有男朋友了，本来今天他要跟我一起来的。”我淡淡地说。

我料到她一脸的惊讶，我爸放下洗了一半的碗，也坐到了桌子边。

“谁？”他们俩异口同声。

“你们见过他的，他叫黄达。”我大致向他们讲了一下，就是上次我被撞送我到医院他们要给他颁发奖状又送奖金的那个人。

“哦！我想起来了。”我妈不动声色，“他还真以为是在演武侠片呢？这年头，他英雄救了美，就打起我女儿的主意了。还真当我们会把女儿许配给他以报答他的救命之恩？况且，该谢的我们也已经谢过了，我们不欠他什么人情。”

“没你想得这么复杂，我只是觉得他人不错。”

“那穷小子人不错？人不错养得起你吗？接你下班开得起好车吗？结婚以后难道还住在出租屋里等着房东来收租？孩子出生以后呢？念得起好点的学校吗？人不错，不错能当饭吃？”

“照你这个逻辑，我哪怕嫁一个有钱的王八蛋，也不能嫁一个对我好的穷光蛋？”

“李晓，妈是过来人，我告诉你，有经济基础才会有上层建筑。”

“但我决心要跟黄达在一起，你休想拆散我们。”

我爸朝我使了个眼色：“你怎么跟你妈说话呢？我们这也是为了你好。”

“为我好，恐怕是为了你们自己的面子吧。”

“好，这事我们先不提。李晓，你自己想想你这些年交的男朋友，我们给你介绍一些相亲对象，无非是让你有更多的选择权。女孩子只有这么宝贵的几年青春，在这几年时间里，找到一个好男人决定了你后半生的幸福。”她气鼓鼓地说。

“听你妈的话，去见一见这个吧，你妈也是物色了很久的。况且现在男未婚女未嫁，你多一种选择也不是什么坏事，对吧？”我爸也开始软磨硬泡。

我们从小到大总是被父母逼迫着做各种各样自己不喜欢的事情，但我们又不愿意违背他们的心意看他们伤心难过。于是，我们学着妥协。我可以为了成全他们的喜好去跟一个我不喜欢的男人相亲。但我的底线是，他们也不能因他们的喜好而阻止我跟黄达交往。

“好，我可以去见这个人。但是我要声明：我的幸福掌握在我自己的手中，我可以去见这个人给我自己多一种选择。但我和黄达的事情，你们不允许再以爱我的名义进行干涉。”

“你这是什么话，难道我们看见你往火坑跳还能不闻不问吗？”

我爸赶紧拉着我妈：“好好好，我们不做干涉，我们仅提供参考意见行了吧？”

“行吧，那你们安排我去跟他见面吧，反正你们也是白费力气。”白费力气那几个字我说得特别重。

“下午就去见，我一会儿去确定见面时间和地点。”我妈说得很坚决。看得出来，她已经把那个男人当成了她的女婿。

20
最不想接受的头衔

相亲是这个世上最高级的自我侮辱！有时候，我们往往被催嫁的队伍左右了自己的判断，尤其是被冠上“剩女”头衔之后。我们被长辈的传统观念、被邻居街坊的指指点点、被亲朋好友的苦口婆心逼着迈入相亲的队伍。我们被迫忍受与自己性格、脾性、爱好完全不同的人对我们进行综合考查，目标明确，思路清晰，明码标价式的交易不是在银行和交易所，而是选择某家咖啡厅或饭店。经历了多次狗血相亲，我决定“宁为剩女，也要坚持宁缺毋滥”。不是我们挑剔，也不是我们假模假式有原则，而是因为结束单身需要天时地利人和。

放眼望去，如今能算得上是君子的男人寥寥无几，但仍有很多人因为不想挂着“剩女”的头衔嫁出去了。她们经过七姑八姨及广大农村妇女的熏陶，渐渐接受了所谓“男尊女卑”的传统思想，跟老一辈开始一起讨伐大龄未嫁女。都说女人这辈子，谁没遇到过几朵奇葩。但是剩女，总是妥妥地遭遇极品男。因为我们除了要应付被声讨，还要被迫开始相亲的不归路。在远房表叔、跟我大爷很熟的阿姨、唠叨催嫁的父母、八竿子打不着的朋友的只言片语中，渣男被包装成金龟婿从人海中朝我们走来。

我在我妈的悉心教诲下盛装出席这次相亲，对我来说只是一场形式主义的见面，只想草草应付好让我妈死了这个念头。

他叫汤镇宇，听他的名字我以为是个帅气的男演员。相亲的时间已经是傍晚，他来到咖啡厅的时间比约定的时间晚了半小时，让我觉得他缺乏时间概念，因为我等着相完亲走回家吃晚饭。他穿着一件白色衬衫，扎进了褪了色的卡其裤里。一双质感不错的球鞋和一副金丝小眼镜，让我想起高中时候的物理老师。他挟着一个手提包，上面印着连城乡接合部妇女都认识的LV。

我们开始闲聊。我点了杯咖啡，他说他也爱喝咖啡，不过他只喝现磨咖啡，而且不加糖和奶精，我听他高谈阔论了很久的咖啡文化，最后他却点了一壶龙井。

他说他迟到了很抱歉，因为新工作很累，整天被领导嫉妒，觊觎他的才华，经常给他穿小鞋。在来相亲的路上他就是又接到了领导的电话，所以才让我久等了30分钟。

接着他说他不喜欢拐弯抹角，直接问我一个月挣多少钱，用什么牌子的化妆品，结婚后我会不会买车，因为他的车不喜欢借给女人开。

后来他说，他的年薪恐怕我早已打听清楚，又冷嘲热讽地说现在的小姑娘就只认钱，当自己是明码标价的商品。还说他只用法国牌子的护肤品，自然健康更水润。说我皮肤黯淡无光泽，全天对着电脑该好好做个保养。不然十年以后，别人会误会我是他老妈。还说他身上的衣服是英国设计师量身设计，暗示我的品位有点low，带我出去会丢他面子。

他还感慨，跟他相过亲的女人多半都是洛杉矶精英，他都没看上，跟我相亲简直就是我这辈子的造化。接着他畅聊他的梦想，如果他中了1000万，就会去西部植树造林，改善沙漠环境。我顿时石化，觉得这哥们儿下一步是要做变形金刚拯救全人类。喝完了咖啡准备结账的时候，他开始说自己平时身上不带现金，国外的生活让他习惯了刷卡。结果服务员果断拿来了POS机，他刷卡的表情有些迟疑。

本来我庆幸这该死的相亲会总算是结束，不料汤镇宇谈得兴致勃勃，让我再坐会儿他还有话要对我说。因为是我妈亲自介绍的对象，我也不好甩脸色走人，只好耐着性子坐着。

汤镇宇说今天跟我聊天很开心，一会儿带我去吃饭。我听他那口气，感觉自己像是晚上被他给包了的感觉。

他带我去吃饭，我们找了个相对隐蔽的位置，因为这家餐厅我跟朋友常来，我生怕被人遇见。汤镇宇自顾自地豪气点菜，他说他要带我吃点好的，还说这家餐厅的菜式有点贵。我冷笑了声没回他，眼睛四处打量，心里默念可千万别遇到什么熟人。

点完菜以后，他跟我大聊经济。他拿着他的LV包对我说："别以为我不懂这个的经济性价值，我懂经济并不妨碍我买这个包。我当然知道它不值这个价，但我就想告诉全世界，大爷我买得起。我不是炫耀经济，我要的是体验经济。你让我背个A货我抬得起头吗？我当然不会用，因为保不准哪天吃饭的时候，对面那个识货的对我说，你那包仿得还挺像的，800块买的吧？"

“男人比较要面子。”我敷衍道。

“不仅仅是面子问题，这个是体验问题。你再看看我那车，安全系数非常高的等级，我要的就是在同质化中寻求差异化。”

我看着他油光满面的脸，觉得他是我所有相亲过的男人中最极品的那一类。

菜全上来了，我发现他点的全是荤菜，而且他为了保守起见，点的全是招牌菜。我很怀疑他是不是第一次来这里吃，我看了这些菜几乎没有食欲，我不是素食主义者，但也不是纯肉食动物。显然，这些都是他自己爱吃的，因为他压根没有问我的忌口和喜好。

他狼吞虎咽地开吃，吃饭的样子一点儿也不绅士。到最后，他看着盘子里还剩下几块烤肉，硬是把肉塞进嘴里，艰难地说：“咱不亏，就这三块肉，最起码能吃回好几块钱的本钱。”

饭后他打着饱嗝，跟我说认识我很高兴。

他从包里拿出一个信封，上面写着对未来老婆的一点儿小小的要求，希望我认真考虑，谨慎对待。

第一条，身高163厘米以上，本科以上学历。

第二条，工作稳定，最好是老师或公务员。

第三条，性格温柔，善解人意，会做饭，人勤快。

第四条，婚后一年内准备要小孩，最好能生两个。

第五条，家里大事男方说了算，小事女方说了算。

看完这哥们儿的要求我有点蒙，他这是要我“上得了厅堂，下得了厨房，杀得过木马，打得过流氓”。我觉得这些要求只有我爸都能达到。换我，难！

我笑着说我会仔细考虑，心里打算从此就杳无音讯。吃完后他拿着单子去结账，钱包拉链卡住了半天都打不开。他回头朝我看看，我耸了耸肩，跟碉堡一样坐在原地不动，压根就没打算买单去替他解围。

吃完晚饭后他开着车带我兜圈，明明经过我家就是不停，车子快开到他家门口的时候他提议我要不要上去坐坐喝杯咖啡什么的。我摆摆手说下次吧，然后指望他开车送我回去。没想到他跟我说sorry，他车子油不多了，让我自己打车回去。

大晚上回到家后，我爸妈坐在沙发上看电视。我爸冲我眨眼，我妈觉得这次有戏。

我哀叹："明明没去过那家餐厅却装作熟客，大晚上吃饱了也不开车送我回家，吃饭买单时钱包现金总是不够。聊天的内容不仅局限于他的家世背景学历好，还要求女方当他家的保姆兼老妈子。"说完我回自己房间睡觉去了。

汤镇宇给我截然不同的两种观感。第一种，坚持到底死不悔改的自以为是。你跟他谈情人节的香槟，玫瑰花的品位，求婚的99种方式，张爱玲式的恋情，卡地亚的历史，普拉达的材质，他只觉得你档次太低，跟不上他的节奏。第二种，火山似的突然爆发。你跟他说什么过分的话做什么过分的事，他都可以一一笑纳。但没准儿哪天他会突然摔桌子踢椅子一巴掌抡过来把你打到半身不遂。在他眼中只有公式是否正确，支出与收支是否平衡，他像个精明的华尔街证券所的商人，对爱情的支出收入比算得一清二楚。

但是我不明白为什么我妈特别喜欢汤镇宇，虽然她一点儿也不喜欢那种四处占人家便宜的人。她总觉得我和他算是门当户对，或许是因为有了黄达这个参照物。

他是重点大学硕士毕业，在研究所工作。具体研究什么我并不关心。曾被派到美国驻扎两个月。回国后到处抱怨物价太高，房价太贵，空气污染太严重。动不动就四处宣扬他在加州的时候怎么怎么样。他还带回来两瓶香水，一瓶送给他妈，另一瓶孝敬我妈。一下子把我妈那颗虚荣的心给虏获了。

我渴望这样惨痛的相亲就这样告一段落，可是，汤镇宇竟然在我妈那里弄到了我的手机号码。我记得那是过了很久以后的事，这个汤镇宇竟然直接发短信给我，说他考虑了很久终于决定接受我了！我真谢谢他这么看得起我。

让我万万没有想到的是，我这次被迫的相亲经历，给我未来的爱情带来的毁灭性的灾难，仅次于切尔诺贝利核事故。

21 相亲和逼婚，谁更无奈

为了家庭和谐，为了父母夫妻关系稳定，为了邻里街坊聊天的新话题，我一遍遍忍受着别的男人来羞辱我。

两个适龄男女因为种种原因没有找到合适的对象结婚，就只能衣冠楚楚地被贴上“SALE”的标签。随着年龄的增长，我们只能将自己人模狗样地包装起来，然后明码标价。两个人见面，心里各自打着算盘：年龄、职业、家庭条件、职业发展、未来空间……社会的压力使得婚姻并不仅仅只是你爱我、我也爱你的主要因素，而是在为自己谋求一张长期饭票、免费的住房，以及人生跳板。

我不能理解我妈，就像她也不能理解我一样。我需要的是一种存在感，而这种存在感不关普拉达保时捷什么事。我觉得只要我不加班，黄达开着他那辆“嘎吱嘎吱”的二手小破车来接我下班，风雨无阻就挺好。我觉得我坐在什么牌子的车里面根本不重要，重要的是驾车的这个人。我想着他对我的一见钟情生死相许，我们之间无言的怦然，回眸一笑的心动。想着他给我做的便当，给我买下心仪的礼物。在我开心的时候陪着我哈哈大笑，难过的时候给我一个拥抱。无数的琐碎朝我们涌来，他都会站在我面前，替我遮风挡雨。

相爱的人不会算计为彼此付出多少，而两个因为相亲觉得性价比合适的人，只会计较他自己的失与得，说不定还会倒打一耙。

晚上我们仨聚会，其实我们已经很久没有聚一块儿了。而我作为一个闲杂人等，忙着处理上一段感情的后事跟现在这段感情的维护。快30岁的我依旧没有什么上进心，干着份不温不火的工作，拿着不多的工资，图的是逍遥自在。但另两位却让我刮目相看。就拿罗兰来说吧，我们俩在同一单位，自从她当了李魔头的助理之后，各部门经理对她是毕恭毕敬。前阵子她又飞了趟意大利米兰，回来之后浑身上下透着一股时装周的大牌气息。她收入不菲，一口标准的美式英语，跟她出去，我觉得自己快卑微到尘埃里。另一位钱多多，以前总觉得她只会煲高级点的鸡汤，什么事情没个自我主张。但自从晋升为部门经理之后，她的家庭地位一路飙升，腰板也跟着硬起来，说王金那个蠢货如何如何。倒是王金他妈依旧我行我素，自从买房以后，王金他妈也住了进来，婆媳关系甚是紧张，但钱多多却不以为然。用她的话来说，以前她没钱的时候，低就一个比自己年轻几岁的男人觉得自己理亏。而现在，她要让那对母子明白自己高攀不起。

我把我被逼去相亲见了汤镇宇的事情告诉了她们。

罗兰笑得很夸张："你应该告诉他，你刚去了趟米兰时装周，觉得他的量身定制很老土。他说他只喝现磨咖啡，你告诉他矿泉水你只喝依云。他背LV，你告诉他你喜欢的却是Alexander McQueen。

他说他对未来老婆有些小小的要求，你告诉他你对未来的男朋友条件很苛刻，爸妈不是中央领导班子，没拿到德语法语双学位就只能谢谢再见。他不送你回家没关系，我让李东海穿着燕尾服开着法拉利来接你。”

“等等，李东海什么时候买了法拉利？”

“这不是重点，重点是这年头自我感觉良好的男人太多，你得让他见识一下什么才叫作真正的优越感。”

“可是我没有那么强烈的优越感，我只想谢谢并再也不见。”

钱多多终于开口了：“那个汤镇宇水平有点low，黄达条件有点差，真正合适你的人还是陈真。”

陈真这个人几乎从我的世界里死掉了。自从他带着女助理双宿双飞之后，我们之间便断了联络。听说他带着新女友去度假，之后电话一直不在服务区，我以为他去了非洲。

我埋着头不说话。

“这年头，谁还没个价值观崩溃，谁还没个抑郁症，谁还没个多年坚守的东西到头来屁也不是，谁还没个空虚寂寞冷，熬过去了这都不是事。”

钱多多说这话的时候可真轻巧，我听着也觉得挺有道理的，但我就是过不去心里这个坎儿。我想着我当初还真够大度的，陈真跟我坦白的时候我有那个力气哭，我怎么就没那力气多甩他几个大耳刮子。

可我现在有了黄达，这不就是对陈真背叛我最好的报复吗？

罗兰突然高声宣布：“我要辞职！”

“你疯了吧你？”我瞪着眼睛看着她，尤其对于我这种不求上进的人来说，罗兰的职业巅峰是我这辈子都难以达到的。如果说爱情是我生活的主心骨的话，工作对于罗兰也是如此。

钱多多对我说：“别理她，又喝嗨了。”

“我是认真的。”

“认什么真，早点吃完散伙，王金那蠢货还在家等我给他唱摇篮曲呢。”

“哟，不愧是母爱无边啊，哪天我要睡不着，你也给我唱一段呗。”我跟钱多多瞎侃。

罗兰打断我俩：“我告诉你们啊，我从没这么认真。我仔细想过了，我要辞职！”

其实我早就料到会有这么一天，李魔头的私人助理，哪儿有这么好当，罗兰迟早会被他逼疯，然后撂挑子不干。

“为什么？”

“我跟李东海谈了这么多年的恋爱。这些年，他经常出差，我经常加班。我经常放他鸽子，他经常忘记我生日。我们俩甚至还没有度过蜜月，就开始把家当旅馆。都说久别胜新婚，但我俩见面的第一句通常就是：哟，您还记得我？今天怎么不去陪老板呢？陪老板有钱，陪我费钱。我觉得我和李东海不像在谈恋爱，反倒是两个小孩子打打闹闹。高兴了就在一起，不高兴了就散伙。反正没领证，没有财务房产的纠纷，没有小孩需要抚养。分手就是一句话的事。”

“所以呢？”

罗兰讲了一大堆，但我和钱多多压根没听明白。

“所以我要辞职。这样我就有大把的时间当我的李太太，就有空装修我们的新房，可以一起去挑家具，张罗我们的婚礼，选择什么款式的婚纱，挑什么样的钻戒……”

“你辞职只是为了操持你和李东海的婚礼？”

“我只是举个例子。辞职后的好处还有很多，比如我再也不用看李魔头的脸色。”

“谁都知道辞职后的好处很多，但致命的坏处有一点儿：你将沦为穷光蛋！”

“你一定要确保自己银行卡上有足够的余额，一旦两个人分开，你不至于造成精神上和物质上的全面崩盘。”

罗兰叹了口气：“知道为什么我们都嫁不出去吗？不是因为我们没有合适的对象，也不是我们有多挑剔。而是我们真的太忙了，女人有自己的事业固然是好事。但评断一个女人成功的标准不是她在事业上有多成功，而在于她能否经营出一个幸福的家庭。”

“你不会真的打算当个家庭主妇，整天在家洗衣服做饭带孩子照顾老人，弘扬中华民族女性勤俭持家贤良淑德的传统美德吧？”

“不，我还可以逛街购物去健身房去美容院报个禅修班学学茶艺……”罗兰狡辩。

我记得有很多女人在结婚后是自愿牺牲自己的事业去当一个贤内助的，可是最终她们的婚姻都走向了法院。

“千万不要这样，当你潇洒地拿着他的卡四处腐败时，他正在计算爱情的支出比。时间长了，他会慢慢忘掉你曾为这个家付出了你整个青春甚至搭上你的全部人生。但是银行卡的每月账单会准时向他送达，印证着你们之间不平等的婚姻关系。”钱多多表示，“女人一定要有一份自己的工作，无论你怎么操心家庭操心孩子操心老人，伸手管他要钱的时候还是要看脸色的。你看看我，如果我不是事业成功型女人，王金会愿意拜倒在我的石榴裙下吗？现在这个时代，女人想要傍大款，男人也愿意当个小白脸。”

的确是啊。我想到陈真的劈腿。如果我上进一点儿，跻身到白富美的行列，英语八级，钢琴十级，父亲是全球首富，母亲是上流名媛。想必陈真誓死也会护住自己的底线，跟那个Bella早就划清了界限。都怪爹妈和我都不争气啊。

“妞，你一定得记着，在这个瞬息万变朝三暮四见异思迁的年代里，你的男人可能明天会是别人的老公，但你的钱包里永远装着的是你自己的财富。当你在无家可归的时候这个财富可以给你买房子，在你失恋的时候你可以去享受一顿奢侈大餐，可以买到你被男人践踏过的自尊，没有什么比这个财富更重要的了。”

当我失恋的时候，因为我口袋里的余额不足，所以我没办法去商场挥霍人民币，也没地方挥霍青春，我只能被抓去相亲，挥霍我仅存的一丁点儿自尊。

罗兰终于想通了，不辞职了。

聚会要散的时候，钱多多终于想起正事。她给我们一人一张请柬，她下个月就要结婚了。钱多多笑着说：“以前提到结婚我想到的是天长地久，现在提结婚，我想到的是能撑多久。”

“以前我刚跟陈真在一起的时候叫看对眼了，后来他劈腿我才知道我是看走眼了。”

“别说你们了，我跟李东海爱情长跑够久了吧？别人都以为我们是爱情神话，我自己心里很明白，再不结婚，简直就成了笑话。”罗兰打算对李东海加大火力逼婚。

22 婚前恐惧症

婚姻对女人来说不仅仅只是一纸婚书，上面还承载着这个男人对你不离不弃的誓言和对家庭的责任与义务。这种承诺不再只是空口无凭的口头支票，上面盖着公章，在亲朋好友的见证下，你成为他的合法妻子。你们将一起承担房贷的压力，一起计算宝宝的出生日期。你们的名字被这张纸牢牢绑定在了一起，如果有一天想要解除绑定，就得付出高昂的分手费。这些费用不仅仅是金钱，还包括了亲情、伦理、时间和精力。

换言之，进城容易，出城难。每个戴着戒指的男人和女人，他们活着不仅仅只是为了自己，还有家庭、婚姻，以及老人孩子。

结婚是一辈子的事，但婚姻的形式和婚纱的款式，对女人来说则是这辈子最重要的事。婚礼就像是女人的梦工厂，它像一个魔术师，将你打造成万众瞩目的巨星。你这辈子最光彩照人最星光璀璨的时刻就是在婚礼上，所有的亲友都朝你送来祝福，那些曾经错过你的男人将因为今晚的新郎不是他而懊悔终生，那些曾经深爱着新郎的美女们，也因为你的出现而自叹不如。

而婚纱，将你装扮成白雪公主，送入白马王子的怀抱。这辈子你或许只能在婚礼上为他披上嫁衣，在以后几十年里它终究只能在衣橱里暗自发光，但什么都无法替代婚纱给予你的幸福与喜悦。这是你通往幸福之门的赞礼，是一种经得住时光验证的记忆，它将根植于你的血液里，让你每次见到婚纱，依旧可以满怀喜悦。

没过几天，钱多多让我们陪她去挑婚纱。她驾着车来到我家楼下，罗兰显得很兴奋，她说她30岁了都没穿过婚纱。她日夜想着李东海来娶她，想得都快发疯了。

我们俩跳进钱多多的车，副驾上堆着王金的皮带和鞋子，我一股脑地全给他丢后座了。

“这果然是富婆包养小白脸的架势。”

罗兰坐在后头附和：“家有白富美一枚，肤白貌美高薪大长腿，自备房车，管接管送管饭管睡，有意的男士请留言，非诚勿扰。”

“这征婚广告不错，回头咱们就帮钱多多征婚去。”

钱多多一个急拐弯。

“你们这两人损不损啊，整天巴望着我跟王金分手是吧？我告诉你们啊，下个月老娘结婚，你们一个个的红包给足了。”

“我就怕你俩好景不长。”罗兰补充。

“去你的乌鸦嘴！”

“以你这条件这姿色，王金不敢出轨，我们怕出轨的人是你啊。自从你那胸部尺寸从A到C之后，很多人说你长得像他们的初恋女友。”

“但恐怕是初夜女友吧。”我不怀好意地补充。

我们就跟全世界所有掏心掏肺的好姐妹好闺蜜一样，我们见证彼此的爱情，祝福彼此走进婚姻的殿堂。但同时，也只有我们敢冒天下之大不韪，大肆批判彼此男友的短板。我们觉得王金像个没断奶的宝宝，根本不明白养家糊口是什么含义。他打着婚姻的名义纯粹就跟诈骗没什么区别，什么婚房要女方买，房子得写两个人的名。什么车子得女方来供，他每个月的工资得上交给妈妈。

当然，罗兰的马拉松男友李东海，我们都觉得他是专门玩弄女性感情的骗子。相恋五年，两个人聚少离多，婚事一拖再拖。什么条件不宽裕，什么肩上担子重。罗兰从24岁愣是熬到了29岁。

我新交的男友黄达也入不了她们的眼，她们觉得他太穷，工作还不体面。即便哪天飞黄腾达了也不过就是暴发户的品位。她们还嫌他车子太破衣服太旧压根给不了我要的幸福，跟我在一起是看上我背后的光环，看上我的时尚品位、匀称的身材，以及小康的家庭。

钱多多带我们进了一家婚纱店，她自己先挑了起来，觉得这件挺符合她气质的，那件又能展现她身材。她不紧不慢地精挑细选，毕竟一辈子就穿那么一回，怎么也得挑件一见钟情的。女人对婚纱都有一种莫名其妙的喜悦，我坐在沙发上看着婚纱的款式，却觉得婚姻对我来说很遥远。我已经到了被逼婚的年龄，但对于我要嫁给谁，我没有丝毫的心理准备。钱多多穿着婚纱走出来，一件抹胸长裙，上面镶满了钻。我头一回觉得她挺美的，真是便宜了王金那小子。罗兰兴致勃勃地换了好几件婚纱，觉得哪件都很漂亮。

从婚纱店走出来的钱多多有些忧伤，今天原本应该是王金陪她挑婚纱，但他选择待在家里陪妈妈买菜。在王金看来，陪老妈比陪老婆重要得多，所以我们在婚纱店没待多久就出来了。

我们找了家咖啡厅坐下，上来一位服务员，眉清目秀的，我盯着人家看了好长一会儿，我总觉得他长得像我曾经暗恋过的小学老师。我情窦初开得比较早，也正是这样，我们越发地怀念曾经。

钱多多点了杯卡布奇诺，据说她跟王金第一次约会喝的就是这个，那时的王金是典型的穷光蛋加抠门货，连杯咖啡的钱最后都是钱多多掏的。罗兰依旧拿铁，我依旧热巧克力。随着年纪越来越大，我们都凭习惯去点菜、吃饭、喝咖啡，或许真的是年龄大了，所以我们越来越不想做出新的选择。

点完咖啡，我们仨突然异常的安静，这种安静让我感到以前上课老师点名提问时的心虚和假装淡定。原以为钱多多今天应该会跟我们碎碎念，聊聊待嫁的紧张与兴奋，聊聊结婚的事情很琐碎也很快乐……但她什么也没说。

咖啡喝到一半的时候，钱多多突然说："我快被他们逼疯了。"

"啊？"我和罗兰一时都没反应过来。

"那天他妈说结婚要办两场，一场在这里办，另一场要回他们老家办。可当初大家明明不是协商好就在这里办一场的吗？他妈还找人算了我和王金的生辰八字，大意说家里阴盛阳衰，只有以后生了男孩家里才会兴旺。更可笑的是，他妈准备长住在我们的新房，那我爸住哪儿？况且房子他们家可没掏一分钱还白白加上他儿子的名字。他妈还要帮我们选家具选窗帘选床单的款式，有没有搞错，我的房间为什么要迎合她的喜好？更可笑的是，让我把车也过户到她儿子名下，说什么以后万一交通肇事让她儿子去处理，我也省这份心。他妈好像把这场婚姻当成了一场只赚不赔的买卖，每天给我灌输的思想是我欠了他们家几百万。”

罗兰说：“第一，老太太迷信，重男轻女。第二，办两场婚礼无非为了收账。钱是你来拿，账是她来收。第三，房子都给他们了，还想要车，贪得无厌。第四，老太太管得太宽。”

“那你打算怎么办？”我问她，虽然我对婚姻越来越不抱有幻想。

“我不知道。”

“你这是得了婚前恐惧症。”罗兰说。

“我来帮你分析一下。”

“你是不是觉得你在王金身上付出了太多心血，如果不结婚的话等于所有的努力都付诸东流。你知道你今年33岁，赚再多的钱也买不回你失去的青春。你觉得再不结婚，对不起你白发苍苍的老爸和我们这帮掏心掏肺的朋友。你感觉人生苦短，遇上了就该珍惜而不是轻言放弃。”

“有那么一点点吧，但也不全是。我觉得以我的条件，完全可以找一个更好更优秀的男人。”

“那你是不是觉得下个月结婚时间有点紧，但是为了那一天你已经等了33年，所有的亲朋好友都已通知到位，临场逃婚你觉得对不起江东父老……”

“也有那么一点点，但也不全是。我觉得亲朋好友更关心的是我究竟幸不幸福。”

“那看来，你有婚前恐惧症前兆。”

“我觉得主要还是现实原因。你发现你跟他妈一样包容他，他还真把你当后妈。你们的幸福生活还未开启，就被他妈搅和得乱七八糟。你对他不离不弃，他只想当妈妈的乖宝宝。你们的婚礼下个月才开始，他妈现在已经开始计算礼金数。你想挑件漂亮的婚纱去当新娘，他压根不在乎你当天穿的是婚纱还是吊带。你们度蜜月的地方还没定，婚礼的形式还不知道，他妈就开始入侵。”

“是啊，我以为我嫁的是他。现在发现，我嫁的是他妈。陪嫁品还得是房子和车子。”

“那你都拿嫁妆钱了，他们给你的聘礼呢？”

“按照他妈的原话，他们老家那边的习俗是礼金3万。”

3万？我和罗兰差点喷出血来。

“3万对于结婚这种大事来说，塞个牙缝都不够，更别说还要办两场。”

多多无奈地点了点头。

“我们应该给王金那蠢货一点儿颜色看看，让他知道这世上没有捡到便宜还能卖乖这种好事。”

“怎么给他颜色？动文还是动武？动文，你跟他动之以情晓之以理，他以为你在教中文，对他的生活没半点儿影响。动武，你动得过他吗？况且下个月人家还要当新郎，打坏了你赔啊。”

“也是。”

“算了吧，反正啊，婚姻就是一场买卖交易，跟谁都一样。”

23
爱情的坟墓

40岁以前的爱情，就像老谋深算的会计，总带着几分收支对比的滑稽色彩。我们往往喜欢一个人，是冲着TA背后的那颗流星。她有才情，她有生活情趣，她身材很棒，他年薪丰厚，他开着两座跑车，他很浪漫知道亲手种白玫瑰……倘若没有流星，背后的阴影就像黑洞一样肆无忌惮地吞噬而来。她颧骨太高克夫，她吃饭有声音没教养，她讲话故意发嗲太做作，他鼻子太大像猪头，他假装好脾气，他有狐臭还不爱洗澡……生活真实得像在演戏，庸俗得没有任何营养。我想，我们终归还是太年轻，或者，我们终归还是太肤浅。

这几年，钱多多俨然成为一个成熟稳重有内涵有深度的Hello Kitty。温婉简约贤良淑德，人美心善脾气好，重点是她还特别有能力，一年的年薪足够养家糊口周游世界。只是我们发觉她其实并不快乐，或许这场婚姻就是她爱情的坟墓。但婚期将至，作为好朋友的我们，总不能劝她开着宝马逃婚或者结婚当天放新郎鸽子的新闻上头条吧！

我们到家没多久，就接到了钱多多的电话，让我们赶紧去救她，免得被人给灭口了。挂完电话，我有点慌，脚步有点乱。你说这年头新闻里啥事没发生过，但这事从钱多多的嘴里吐出来，我吓得失了方寸。我敲了罗兰的门，拉着她就往钱多多家赶去。

来到钱多多家都已经晚上8点多，我们俩饥肠辘辘赶到案发现场。钱多多家气氛有点冷，两军刚进行完第一轮交战，战场硝烟弥漫，地板上扔了好几个碗和花瓶，餐桌布半搭在餐桌边。钱多多捂着半边脸，头发看上去有点乱，假睫毛掉了下来，估计在我们来之前她没捞到便宜。老太太坐在沙发上，眼睛看着窗外。王金的拳头攥得很紧，不知道是气没消还是心里有些后悔，反正那表情又急又悔。

“这是怎么了？”我小声问钱多多。

“你问他呗，这婚还没结呢，暴力倾向就一览无余了。”

“我错了还不成吗？”王金看上去是懊悔了。

“儿子，你有什么错。我让她做点家务还是我的不对了？”老太太依旧扭着头。

“你们这到底怎么了？”我和罗兰真快要急死了。

我看了眼钱多多的脸，这王金下手还挺重。平时看着挺窝囊一人，这发起火来还真能地动山摇。我去弄了点冰块给她敷着脸。

罗兰质问王金：“到底发生什么事了？今天我们陪多多去挑婚纱的时候不还好好的吗？”

“是好好的呀，不就是我妈让她做个晚饭嘛，她至于这么气急败坏的吗？”

“王金，我回到家都6点35分了。而你们呢，你们正坐在沙发上看着电视剧哈哈大笑，你们就不会起身做个晚饭吗？什么叫留着回来等我做？合着我是你们家的保姆，家务活我全包揽了。你是不是还等着我喂你啊？”

“我儿子什么时候让你喂过啊？”

“好，让我做饭我做行了吧，让你来厨房帮我打个下手又怎么了？”

“我儿子又不是伙夫。”

“不要觉得我让你儿子干点家务就委屈他了，家是两个人的，他有义务分担。”

“好，以后我帮你干家务，行了吧？”王金说道。

“不许干！儿子，你长这么大，妈什么时候让你干过家务？”

钱多多强忍着火：“您别指望我像您一样照顾他，他是您儿子，是我丈夫，我只把他当丈夫，不会把他当儿子。”

“不许跟我妈这么说话！”王金口气还挺硬气。

我们还以为是什么大事呢，不就是家务活分工不均嘛。这有啥，人都有脾气不好的时候，婚姻也是两个人经营的产物。

“就这点事，至于弄得脸红脖子粗吗？”

王金咬牙切齿地说：“本来是不至于啊，可你们看看她那泼妇样！”

一说泼妇，钱多多真急了，抡起胳膊就要跟王金干起来：“我泼妇，我今天还真就泼妇一个给你们看看。”

王金也抡起胳膊又要朝钱多多打过去。老太太赶紧把儿子拉到身后，她一副母亲保护儿子的架势迎面而上，母子俩那架势看起来很彪悍。

我们拼命拦住他们，但老太太那飞舞的爪子还是飞到了钱多多的脸上，这一巴掌打得清脆响亮。老太太还说了句：“我让你敢欺负我儿子……”

钱多多又挨了一巴掌，哭着跑了出去。王金本想去追，但又被他妈给拦下来了。我们怕钱多多出点什么事，赶忙追了出去。

罗兰临走前给王金母子撂了句话：“真是笑话，你们打了人，还占了理。多多眼是瞎了还是怎么的，偏偏看上你这个窝囊废！”

“当初是她死活要嫁给我儿子的，我儿子从来没说要娶她！”老太太吼了过去，响声差点传遍整栋楼。

婚姻本是两个人同甘共苦的一出戏，但戏里戏外偏偏插入了个“第三者”。这个“第三者”时时盯着她的一言一行，誓死捍卫着儿子做丈夫的权利，却从来不忍心让儿子承担做丈夫的义务。因为她依旧固执地把这个男人当成襁褓中的婴儿在保护着，疼爱着。

倘若没有丰沛且自由的爱，任何人和人的组合都是绑架。母爱固然可贵，以爱为名绑架儿子疏远儿媳的母爱，是场可悲的绑架轮回。我开始同情钱多多，同情所有被母爱绑架的婚姻和爱情。

钱多多是这个家中的顶梁柱，却没人关心她活得累不累，他们只在乎她飞得够不够高。她是这个关系中的女主角，也是卑微的施善者，而这个男人却高高在上地争取赡养费。

钱多多总是觉得自己年纪很大，选择的范围有限。再不结婚就对不起年迈的父亲和过早过世的母亲。况且现在没有男人会为她而心碎，也不再有男人会为她排队等候。她的危机感迫使她向生活妥协。即便她已经荣升为部门经理，业务指标年度第一，工资翻了好多倍，穿着Armani套装，挎着Prada包包，但依旧改变不了她一副受害者的模样。

罗兰说：“我深深觉得钱多多就是人善被人欺。不就是一顿晚餐吗？我会告诉他们我刚吃了法国松露和神户牛肉，让他们自己解决。不就是家务活吗？我会告诉他们我平时工作很忙，我决定请一个月薪3000块的保姆帮忙料理家务。我还会告诉他们，房贷的压力太重，要是他们不帮忙还房贷，我准备把房子租出去减轻房贷压力。婚礼不是喜欢大操大办吗？反正到时候酒席我是没钱去买单。还有，婚戒我要5克拉，不然婚姻对我来说就是一场只赔不赚的演出。”

我们紧紧跟在钱多多身后，看着她纤瘦的身影在风中摇曳，那画面让人看着心疼。但我们又不敢靠近，我们想让她哭个痛快，等她情绪稳定之后，告诉她一切还有我们。也不知道走了多久，她恐怕是走累了，我们扶着她回来了。

一进门，王金自知理亏：“打人是我不对，我该死，我该死。”

“我告诉你姓王的，这是在我家，这里的东西都是我自己用血汗钱买来的，我高兴怎么样就怎么样。我还告诉你了，房子当初加上你的名是因为咱俩准备结婚，我要不跟你结婚了，这房子跟你也没啥关系。你爱回你的东北老家你就回去，本姑娘我还就不伺候了。”

钱多多第一次这么霸气，想必她是想明白了。

房子是他们的软肋，一说房子跟他们没啥关系，王金一下子蒙了。鼻涕一把眼泪一把地流下来，几乎都要跪在地上跟钱多多赔不是，像演电视剧似的。他还死死抱着多多的大腿，说今天都是一时冲动，说自己真的是身在福中不知福。那态度跟浪子回头金不换一样。

老太太的口气也缓和了不少，说既然她儿子已经承认了错误，那这事就过去了吧。

我和罗兰看这架势，我们还劝什么呀，简直就是庭外自动和解了呀。人都有软肋，但钱多多总算在结婚之前抓住了他们的命门，有了自己的筹码，这无形之中给她的婚姻带来了一丝保障。我也分明看见钱多多被王金的诚意所感动，脸上含着泪花，好像释怀了。

但接下来的事情，令我们所有人都大感意外。

“我觉得结婚这事，还是再缓缓吧！”钱多多口气坚决，一点儿也没有征求他们意见的意思。

“还缓什么？请帖都印出去了，时间都定好了，你这不是让所有人看咱们笑话吗？”

“我觉得当初说结婚太草率了，现在想想，结婚是人这辈子最重要的事情，我宁可被别人当成笑话，也不想自己以后后悔。”

“怎么可能后悔呢？我疼你还来不及呢。”王金急了。

老太太也近乎讨好的口气：“就是啊，以后咱们就是一家人了，一家人哪儿会计较这么多。”

“我今天婚纱没一件看上的，等什么时候有好看的款了，到时候再结呗。”

“怎么会没有一件好看的呢，明天让王金陪着你去挑。”老太太说。

“可是我现在压根没那么多钱去结婚。您说婚礼得办两场，我琢磨这花钱跟流水似的，既然没钱这婚还是缓缓。”

“那就只在这儿办一场，行不？”

钱多多满意地点了点头，王金赶忙扶着她坐在沙发上。

“可是我又想着，您说我跟王金的八字什么阴盛阳衰，我怕我生不出儿子坏了你们王家的福气。”

“没事没事，现在都什么年代了，生男生女都一样嘛。”

“那车您不是让我过户给王金嘛，我想着要不……”

“过什么户啊，都是一家人，你的就是我的。”

“可是我最近真的是手头紧，您看这房子的首付是我掏的吧，这个月的贷款还真是紧张。”

“儿子你倒是说句话啊。”老太太踢了王金一脚。

“贷款以后我来还吧，反正我手上也还有些余钱。”

我和罗兰一愣一愣的，这简直就是女中豪杰，巾帼不让须眉啊。

后来我跟罗兰回去，钱多多把我们送下楼。刚走到小区楼下，钱多多朝着我俩大笑，她说她觉得今天这耳光打得太值了，原来两个耳光值这么多钱。

我和罗兰跟二百五似的看着钱多多，我觉得她落着乖了心里也痛快了，但怎么隐隐觉得还是有些悲伤呢。婚姻毕竟是夫妻之间的深度沟通，而不是婆媳之间的持久战。

钱多多笑完开始奚落我俩：“你说你们俩大尾巴狼，平日里振振有词言之凿凿的，刚才那架势，怎么也不替我帮帮腔。亏我把你俩当好姐妹，就两个看戏的。”

我和罗兰一语不发。我俩但凡多说一句，钱多多，这种男人你就别要了吧，他不过就是打着传统幌子又不愿承担传统责任的窝囊废。或者说，这种妈宝男不过就是打着婚姻的旗号对你进行残酷剥削。我觉得我俩只要多说一句，没准儿钱多多的眼泪又会飙出来，抱着我们中的一个号啕大哭。

钱多多很早以前放话，她有些不想结婚了，觉得累了，找不到结婚的意义。那时她的身心早被榨干了。好好一个有血有肉的姑娘，挺完美的时尚金领，愣是被这场血雨腥风的爱情摧残了。我又想起那谁说过，一场圆满的爱情就是滋养花朵的营养液，但一场不尽如人意的婚姻就是吸血鬼，把你榨干得连活下去的勇气也没有。我们没有办法让她快刀斩乱麻，也没有办法违心地劝她说你以后一定会幸福的。我们就夹在轨道的中间，左右都动弹不得。

24
婚礼进行曲

日子不紧不慢地过着，我依旧跟黄达谈着恋爱，但遭到全世界人民的反对，怕我沦落为面馆西施。依旧被我妈打电话逼着去相亲，相亲的对象不是自以为是的海归就是白手起家的暴发户。我继续干着乏善可陈的工作，还信用卡账单，跟黄达合计着攒半年的工资去旅游。陈真好像从我的世界里完全消失了，有时候想起来，也会忍不住泪流满面，但又怕被黄达撞见我在睹物思人。罗兰继续以李魔头为中心，虽说事业蒸蒸日上，但也弄得心力交瘁，因为压力大失眠好多次，半夜抱着枕头弄得跟贞子似的来我家寻求安全感。她还继续对李东海这座不婚主义的碉堡进行狂轰滥炸。她说婚姻是爱情的坟墓，但不结婚就意味着爱情死无葬身之地。5年马拉松长跑也该结束了，怎么着也该给她颁发结婚证书了。李东海这人渣开始东藏西躲，不是今天飞北京就是明天飞厦门，总之他就像断了线的风筝四处乱飞。他常说他要空间他要自由，无非就是顶着爱情的名义免费嫖娼，享受完做丈夫的权利就是不履行做丈夫的义务。他动不动就以自己现在没什么积蓄，压力太大，需要罗兰体谅等各种缘由将婚事一拖再拖。罗兰经常跟我说她要结婚了，可一次又一次的失望，她现在逢人都不好意思再提结婚这事。

钱多多的婚礼如期举行，我们替她高兴。至少她当新娘的梦想如愿以偿，而婚礼的形式和婚纱的款式也都是她中意的。我在化妆间帮她整理婚纱，她穿婚纱的样子好美，有一点儿露，但是又不太露。她就像一朵冰清玉洁的雪莲，优雅从容，但低胸的设计总是在不经意间暴露着性感的胸部尺寸。

罗兰很是羡慕，她梦想着有朝一日李东海可以开着婚车将她迎娶过门，婚纱她已经选好，结婚的地点一定要在礼堂或者沙滩。日子可以随机，哪方父母坐主位随便，重点是李东海会娶她。最近我们都给她取了一个动听的绰号，叫“逼婚狂”。

“你这么逼他，我估计他今天都不敢来了。”多多笑着说。

“可不是嘛，都快逼得他跳钱塘江了。”

罗兰一脸不屑：“放心好了，他一会儿就到，现在堵在路上了。”

“你说，这都怀三个月了，怎么肚子一点儿也不明显？”罗兰摸着钱多多的肚子。

“奉子成婚可没有你们想象中的那么美好，我只为了肚子里的孩子。”

罗兰笑着说：“别总是说为了谁，这年头活着就是为了自己。”

她笑了，但我明明看到她的眼中闪烁着泪光。钱多多穿了条鱼尾婚纱，显得人很高挑。她手上拿着捧花，对罗兰说：“逼婚狂，一会儿捧花你可得接着啊。”

罗兰咧着嘴直乐：“一会儿你可得看准了扔，我今年能不能顺利结婚，可全靠你了。”

婚礼正式开始了，王金穿得衣冠楚楚，多多笑得很灿烂。婚宴上觥筹交错，她面对男方的前女友显得慷慨大度，面对男方哥们儿的夸赞又露出应有的羞涩。我更佩服她既有胸部也有脑子，听钱多多说，后来她还以婚事暂缓为由，让他签订了一份婚前协议。本来她是相信爱情的，相信王金会真的对她好。可到后来，那两个耳光把她打醒了。婚姻究竟带给女人的是什么？是紧张的婆媳关系？是男人的得寸进尺？是无数个为了撑起这个家而加班的夜晚？是妊娠十月生下一个并不随自己姓的孩子？对女人来说，婚姻简直就是一笔糟透了的经济账。但她还是要跳入婚姻的火坑，为了让自己的孩子有个父亲，也为了摆脱掉“剩女”这个头衔。

这个时代给了我们太多的选择，我们有选择上床的权利，有选择结婚的权利，有选择逃避的权利，也有选择面对的权利。这个时代并不悲哀，只是我们都是选择性困难综合征的急症病人，这种病一开始就根植于DNA里，在春暖花开的时节爆发，并开始到处寻找解药。在没有找到可以缓解病痛的血清之前，恐惧就像魔鬼一样把我们塞入了装尸袋。

剩女，这个时代特有的一种产物，是我们装尸袋上的一枚标签，寓意着我们无人认领。剩女就像是菜市场的剩菜一样只能贱卖，只有嫁人才会变成有一定价值的物件。

我们三个都戴着剩女这顶光荣的勋章，因为大龄未婚，被迫成为遭受歧视与非议的对象，就连我们最亲的家人都成了帮凶，对我们进行各种施压。于是，有的人妥协了，而有的人还在垂死挣扎。

席间，黄达一个劲给我夹菜，问我这个爱不爱吃，那个合不合口味。他给我剥螃蟹，给我盛汤、倒饮料，对我很好。他没什么钱，长得也不帅，笑起来露着虎牙，感觉很温和的样子，也就是当下流行的暖男。他居家，耐心，脾气好，会做饭。他还半开玩笑地跟我说，什么时候想结婚了告诉他一声，他会立即给我买钻戒。

可他并不知道，他的玩笑话会让我想起陈真，想起我和陈真一起走过的岁月。四年的时间说长不长，但那是我生命中最美的年华。

李东海姗姗来迟，紧挨着罗兰坐下。

“什么事啊，你们笑得这么开心。”

“还不是他俩旁若无人的秀恩爱，腻死人了。”罗兰暗指我和黄达。

“咱们都老夫老妻了，就不玩那套过家家的把戏了。”李东海说道。

婚礼进行到一半的时候，主持人说要扔捧花。罗兰率先第一个冲到了前头，我也赶过去凑了个热闹。由于我们事先商量好了，所以捧花如愿被罗兰接着了。

我看着罗兰趾高气扬地朝李东海走去，又自动开启逼婚模式。我看着李东海无可后退的表情，突然觉得他让人失望透了。

我不会逼婚，如果那个男人像李东海这样推脱，我会扔掉捧花二话不说就转身离开，并且彻底离开他的世界。爱情终归要有人牺牲，但绝对不会是我。

“怎么样李东海，我捧花都接着了，你说咱们什么时候办吧？”

“你能不能别隔三岔五就问我什么时候娶你啊？”

“李东海，做人不要太人渣，得讲点良心。要再不结婚的话，那就谁也别耽误谁。”

罗兰又要开始数落李东海，控诉这五年马拉松长跑的艰辛。

“没说不娶你，这不准备提上议程嘛。”

“那就赶紧定日子，我也好张罗起来。”

我赶紧提醒罗兰，这么多人看着呢，女孩子矜持一点儿。

罗兰表现得无所谓的样子：“反正全世界人民都知道我天天逼着李东海娶我。”

一桌子人开始起哄，让李东海娶罗兰。李东海也咬着牙说娶。

最后我们举杯向他们送去祝福，希望他们早日修成正果。

婚礼上，我意外地看见了陈真，他晒得像个民工，黑漆漆的脸上看不出什么表情，我觉得这个娘娘腔变man了。其实，自从跟陈真分手之后，我想过无数次和他重逢的场景，想着某一天他带着Bella出现在我面前。

我曾经以为，再见到这对狗男女，我一定会忍不住朝他们泼硫酸。

我四处搜寻Bella的踪影，但是一无所获。想必今天这种场合她是不敢出现吧。

陈真端了杯酒走到我身边，他一脸道貌岸然：“好久不见，你还好吗？”

“我当然好，而且活得要比你好千倍万倍。”我的心在呐喊。

“我就知道你还在生我的气。”他说得轻描淡写，让我终于见识到人渣的从容。

“要不我带你去认识一下我的新男友？”我皮笑肉不笑。

“我和Bella分手了。”

“这么快又玩腻了？”

“我是因为放不下你。”

一边解着新人的内衣，但内心却惦记着旧人的体温。

“别，可千万别，我最受不了这一套。”

“你听我跟你解释。”

无论我如何想避开他的触摸，他还是把我硬拉到角落里。他的嘴离我很近，我可以感受到他的呼吸他的心跳，但丝毫感动不了我死掉的心。

我避开他的眼睛，向他说道：“你别把我这儿当成《说出你的故事》，跟我畅聊你的心路历程，你有多么不情愿劈腿，内心经受过多少次挣扎。”

“那天我喝醉了，我把她当成了你。我发誓，就一次。”

这理由真漂亮，真让人感动。

我们爱上一个男人往往并不是因为我们觉得他们爱我，而是因为他们身上固有的优点。这些优点跟看你的眼神很温柔，吃饭时为你夹菜，记得你的公历和农历生日，带你去听你最爱的小野丽莎音乐会，能和你畅聊村上春树有关。男人一旦向你忏悔，他的优点便会清晰地在你眼前重演。你开始重温牵手的感动，吻别的疼痛，相见的惊喜还有背叛后的歇斯底里。

这个数据对我来说的确有很大的冲击力，才一次啊，这就跟松了裤腰带去上了趟公共厕所似的。才一次而已，次数少得都可以忽略不计。

但理智将我唤醒，出轨了就是出轨了，一次跟九十九次的性质是一样的，他背叛了我。

可另一方面，女人总是喜欢仗着爱情的名义去原谅一个背叛你的男人，总是会不由自主地替他辩解。比如他的不忠是你缺乏吸引力，是他太具有人格魅力，是他的资本太过于雄厚，是他不小心中了别的女人设下的圈套。这个世上谁还能不犯个错，日子终究是要过下去的。于是她们借着社会压力、亲情的魔力、爱情的万有引力无条件再次将男人拥入怀中，以一种接近于自杀似的方式来迎接男人的缴械投诚。

“你愿意原谅我了吗？”

你哪里来的自信我会原谅你？我内心不断地朝他咆哮质问。

可我接受了陈真的忏悔，接受了他的眼泪以及他的道歉。我败给了自己，原来我如此放不下他。

可我又开始煎熬，如果放不下他，是不是意味着要和他重新开始？我不知如何选择，是选择出过轨但良心发现誓死对我一辈子好的陈真，还是选择对我死心塌地但遭到所有人反对的黄达？

我有着严重的精神洁癖，一个背叛过你的人，他的爱情总是带着杂质的。

黄达朝着我俩走过来，他把我重新拉回到他的身边，这是他向陈真发出的警告。

“新郎新娘来敬酒了，我们赶紧过去吧。”

我被黄达拽得很疼，他不仅在警告陈真，同时也在对我做出警示。既然做出了选择，就不能朝三暮四藕断丝连。我几次想要甩开他，但又再次被他禁锢得更紧了，直到把我拉到位置上才松下来。

婚礼结束的时候，王金喝多了耷拉着脑袋坐在桌子边。钱多多一个个把我们送出来。她拉着我的手轻声跟我说了句：“荷尔蒙越是躁动，欲望越浮夸，你就越发需要冷静。”

我看了眼喝多了的王金，觉得钱多多的话很有深度。

罗兰也喝多了，她是被李东海扛到车里的。走的时候嘴里还嚷着：“李东海，你要是还不娶我，就是心里还惦记着李晓。”

李东海看了我一眼，而这一幕正好被黄达看在眼里。我在黄达心里绝对不是什么善类或者良家少女的形象，我有前男友的纠缠，有前前男友的恋恋不舍，我的清白是跳进黄河也洗不清了。李东海向我们几个一一告别，临走的时候又看了我一眼。

黄达往日的绅士风度不见踪影，以前至少他会在我的朋友面前给我点儿面子，但这次他没有，只是冷冷地问我：“你到底走不走？”

我没有回应他，他便开着车走了。

25
门不当，户不对

胃里就像翻江倒海般难受，我猛地感觉胃里有一股酸酸的液体涌了上来，一股脑全给吐了出来。钱多多赶忙过来扶我："你没事吧，不能喝就别逞强。"吐出来之后我好多了，整个人也跟着精神起来了。

陈真扛着王金从里头走出来，我一直不明白为什么两个截然不同性格的人会成为好兄弟。钱多多嘱咐陈真好好照顾我。她从陈真那里接过满身酒气的王金，扶着他径直走进酒店休息，背影瘦得让人心疼。王金还手舞足蹈，嘴里念念有词地高喊洞房花烛夜金榜题名时。

"我开车送你回去吧。"陈真打破了沉默。

"谢谢，不用了，你那车里有股你姘头的味儿。"

"行了，都到这个时候了还嘴硬什么。"陈真硬把我塞进了车里，给我系上安全带，发动了车子。这时他还不忘调侃我："你要介绍给我认识的那个人就是你新男友？"

我没搭理他。

“我说，你要想报复我，也得找个好点的不是？”

“看见我过得不好，你是不是心里特别安心？”

“但话又说回来，他追女孩子很有一套。”

“你有完没完？”

车里一下子变得很安静。

快要到我家的时候，陈真突然对我说：“晓儿，我知道我对不起你……”

“停，打住，你下面要说什么我都知道。但是我告诉你，不是所有的对不起都能换来一句没关系。你们男人是不是都特别相信浪子回头金不换啊？到我这儿，一切打住。”

陈真笑了笑：“你还是这个拗脾气。”

下了车，我正准备上楼。突然从黑夜中蹿出一人影，吓得我起一身鸡皮疙瘩，待看清是黄达以后，我定了神问道：“你怎么在这儿？”

“我不放心你，所以等你回来。没想到，我的担心倒成了多余。”

黄达看着陈真把我送回来，语气也变得阴阳怪气。如果说我和陈真这几年的感情是一种深度矛盾，就是矛盾点很少，但足够戳破我的心。而与黄达的矛盾就是一种广度矛盾，我们的矛盾点很多，全是鸡毛蒜皮，但我也快败给这种琐碎了。

他会经常给我做吃腻了的海鲜面，但其实我只想吃个炒鸡蛋。跟他约会我的服装必须符合他的审美，于是我必须每次穿得像个买菜大婶。意见相左我必须得以他的意见为主，不然他可以把我扔在街边自己开车扬长而去，时过境迁后又开始百般道歉，怪自己一时冲动。每次吵架非得争得面红耳赤你死我活，直到我举白旗缴械投降。跟他逛街我永远买不到合适的东西，他不是嫌这个太贵就是嫌那个款式太前卫。打他电话他有一千个不接的理由，比如他正在忙事业。他还经常给我灌输女人要居家当个贤内助，这样才能更好地支持男人的事业。

我和他是截然不同的两种人。他只想去南非，而我想去北欧。他爱收集各种漫画本，我的书架上堆满了劳伦斯和果戈理。他喜欢投足彩，我唯一知道的是中国足球很烂但很火。我说我喜欢Costa，他以为Costa是个酒吧，还讽刺我是个bad girl，我开始怀疑他有没有开过咖啡店。最近他面馆生意很火爆，他打算让我辞职给他当服务生，薪水面议。今年他挣了点钱不打算搞投资，准备入手一辆新车装点门面。

或许是相处久了，人与人之间原本带着和善的面具渐渐卸下来，露出本来的面孔。最近黄达了解了我过去人尽皆知的情史，开始用中国传统五千年男尊女卑的思想和遵守妇道的名义对我进行挖苦，仿佛我这辈子活着只是为了给他立贞节牌坊。

“你是对自己没有自信吧？”我反问他。

“你身边围绕着一个比一个优秀的前男友，且他们都对你不离不弃的，没准儿哪天我也可以位列他们中的一个，争着求你宠幸吧？”

“你别胡思乱想了，那都是过去的事情。”

“我看不一定，人家都送你到楼下了。”

“你跟踪我？”

“还有个姓汤的说什么自己想清楚决定接受你了，看来你背着我干的事情可不少。我算了下时间，正好也是我们在一起的这段时间发生的吧？”

我愤怒道：“你居然偷看我短信？”

“你也别激动，我要是不看还不知道自己还有个潜在的竞争对手呢，你把一堆男人玩弄于鼓掌之中，是不是觉得自己特别有成就感？”

“你听我解释，上次回家是我爸妈安排……”

“哦，我明白了，你爸妈的安排，难怪你不肯让我和你回去，你是怕我这种穷酸小子玷污了你们家高贵的知识分子血统吧？”

“随你怎么说。”我突然觉得特别疲倦。

“我算是明白了……”

黄达和我不欢而散，接下来开始冷战。我给他打电话他不是正在通话中就是不在服务区。我去他的面馆找他，这几天他歇业暂停营业。我去他家找他，又吃了闭门羹。

钱多多这几天跟王金新婚燕尔两个人正讨论去哪儿度蜜月，但她还是抽出时间来看我，仿佛她早就知道我和黄达会好景不长。

钱多多告诉我：“婚姻与爱情是相同的两个人演的不同的两出戏。爱情是红色玫瑰，婚姻是白色百合。爱情是随时取款的银行卡，婚姻是定期存款的存折。爱情是保质期三天的面包，婚姻是吃腻了还得吃的米饭。”

“可是我觉得没有爱情的婚姻就像行尸走肉。”

“但结婚以后，你会发现，以前那些爱情会随着婚姻的琐碎而磨得干干净净。你们只存在于经济纠纷和一地鸡毛的关系中。”

“难道就没有两全其美的吗？”

“你一边要殷实的经济基础，又要吻合的上层建筑，还奢求灵魂上的门当户对。这世间哪儿有这么圆满的事情。你当初选择黄达，简直就是病急乱投医。”

“可是他对我很好啊！”

“没追到手前，给你买了个潘多拉就是爱你。到手后，买朵鲜花都嫌浪费钞票。你要知道，婚姻是两个人在过日子，养只天鹅跟养只土鸭的成本真的不一样。”

钱多多的话加剧了我与黄达分手的决心。但我又不想让她们觉得我换男友的速度就像换衣服。一直以来我都是个好姑娘，好姑娘就是认认真真谈恋爱，结婚，生子，按部就班。

但我也知道，倘若爱情不能让两个人活得更开心，那么爱情的意义何在。我们在一起并不是为了给彼此增添痛苦和烦扰，与其过得苟延残喘，倒不如断得干干净净。

又过了几天，黄达破天荒地上门领罪，他给我买了我最爱吃的车厘子，还有很多新鲜蔬菜。他现在送我的礼物都很特别，全是厨房用品。

“哟，稀客啊。”我打开门还不忘挖苦他。

“还在生我气呢？”

“有什么好生气的。”

他拎着水果和蔬菜直接到厨房里去了。他给我洗车厘子，给我削苹果，冲咖啡。

“什么风把你给吹来了？电话不接，短信不回，你玩失踪呢？”

“唉，我那几天不是在气头上吗？这不我现在负荆请罪来了。”黄达给我煮了海鲜面，还给我做了几道家常小菜。他把厨房给我收拾得很干净，水池子里的碗也全部洗了，贤惠得像个巨蟹宝宝。

开饭时，我们俩安静地吃着。平时在一起吃饭的时候，他总喜欢嘟囔着我挑食，营养不良，又浪费了他的一番心血。但今天什么也没有，我正怀疑他是不是经过深刻的反省，开始懂得顾及我的感受了。

饭吃一半，黄达突然说道：“李晓，我们分手吧！”

我很久没有缓过神，仿佛出现了错觉。怎么可能是他跟我提出分手，当初可是他小心翼翼死乞白赖地追我的。

我优雅、大气、时尚，追我的男生领着号子排着长队。他算是哪门子大蒜，就他也敢甩我？

“为什么？”

“我觉得我配不上你。”

我扔下筷子：“配不上当初你还屁颠屁颠地追？当初是谁在医院里天天陪着我，我爸妈怎么轰都轰不走，当初是谁每天顶着烈日给我送便当，是谁拉着我在陈真面前示威的？”

“是，我是想好好跟你在一起。但我是个传统的男人，我受不了你交过很多男朋友，我更受不了他们还隔三岔五对你送温暖，把你送回家。”

刚才谈吐大方、秀外慧中、巧目盼兮的大家闺秀，终于露出了泼妇的面孔。

“你他妈给我装什么处男，还真当自己一清二白两袖清风？

你堂堂一大男人，走到哪儿都要求我三从四德给足你面子。我告诉你，面子是自己挣的，不是别人给的。你整天就提心吊胆怕我出轨，每天查我的短信和通话记录，你也不嫌羞耻？你要没这个自信当初就别来追我。终于追到手了，开始对我大吼大叫了。你是电影学院表演系毕业的吧？”

我过度使用的牙齿咯吱作响，我像盲人似的紧紧摩挲着自己的裙子，我特害怕我会当着他的面痛哭流涕，一副乞讨施舍的可怜样。

黄达似乎被我给惊住了，这么长时间他一直以为我是个任人摆布的乖乖女：“李晓，你别这样。”

“我哪样啊？你都提分手了，总得让我把憋在肚子里的话说完。”

“我知道，是我不对，是我小心眼。”

“我再问你一句，你是真的要跟我分手吗？”

这时他电话响了，我看着他背过去接了个电话。

挂完电话以后，他说：“到时候你朋友要问起，你就说是你把我给甩了。”

我真是谢谢他分手的时候还替我这么考虑。不就是又被男人给甩了嘛，我输得起！

他又对我说了一堆感人肺腑的话，说他是如何在乎我，但是在爱情的竞技场上，他明显处于劣势，他没有那个自信我会选择他。他还劝我该静下心来好好谈一场恋爱结一场婚，他说我是个好姑娘，但他也知道我们是两条不相交的平行线。

每个把我伤得撕心裂肺的男人走的时候都喜欢给我煲一锅心灵

鸡汤，真叫人感动。

这年头谁会没点儿历史，但谁能保证不揭开历史的封印呢？我像个背包客，坚毅、勇敢、自由，我喜欢带着满腔热情去冒险，去寻找属于自己的那片天空。我也曾为了李东海想过要抛弃一切，也想过跟陈真再续前缘。徘徊了一大圈，结局还是自己一个人冒险前行。

我知道，我之所以会难过，是因为被甩了。如果是他被甩了，我也会给他煲一锅汤，嘱咐他在未来的人生道路上遇见最好的自己。我还会对他说一堆祝福语，让他觉得我是个合格的前女友。

26
够爱，够没担当

我和黄达的爱情终于以迅雷不及掩耳之势落下帷幕，所有人都开香槟替我庆贺。她们说这是一次无关紧要的感情失败实验，还说庆幸我下半辈子的幸福没有就此搭进去。我也并没有我想象中的那么难过，这只是轻微的皮肉之痛，过几天就能痊愈。我唯一选择报复黄达的方式就是再也不点他们家的手工面。我后来再也不吃手工面，因为会让我想起这个人。

在我失恋的这段日子里，陈真来找过我，但我假装不在家。他打我电话，我假装没听见，我怕看见他这副小人得志的模样，尤其是他会用包装过度的华丽辞藻安慰我。

但我的世界从来没有消停过，我欠的情债太多，现世报来了。这几天就连我妈给我介绍的汤镇宇也给我发来了问候短信：你在干吗？我过几天准备和女朋友去马尔代夫度假，你不会还在相亲没人要吧？汤镇宇的问候终于在我的心上狠狠地划了一刀，我终于知道痛了。于是我把他拉进了黑名单。

我妈的电话如期而至，让我再考虑考虑汤镇宇。我直接在电话里朝她吼："人家都有女朋友了，你能不能消停会儿，别再让人看笑话了。"

我妈也挺狠的："你再不嫁出去也是个笑话。"

"我不是物品，不需要通过结婚来体现自己的价值。"

"但是你不结婚，你的价值也没得到丝毫体现。我现在除了被人戳着脊梁骨说我闺女30岁了还没人要以外，还要被人嘲笑我闺女连份工作都是我托关系才进去的。"

每次接完我妈的电话，我都像被人抽了几个耳刮子。30岁嫁不出去的我就是她的耻辱，这种耻辱就跟我天生是个残废或者私生子一样。我有时候特别想问问我爸，我是不是后娘养的。从小到大，她总是习惯给我安排最好的那条路，哪怕是托关系也要让我走那条路。但是却把走后门应当承受的结果一并推到了我身上。

我想起了罗兰，我和她从小一起长大。我们被迫处于这种竞争环境中。我们是父母眼中的筹码，我们成功与否直接关系到他们的面子。我曾听我爸说，年轻的时候我妈嫁给我爸，觉得教师光荣。后来随着时代的进步，隔壁老王下海经商捞了一大笔，家里开上小汽车了，我妈整天唠叨当初眼瞎怎么就嫁给我爸这个穷鬼了。后来家里总算有了一辆代步车，可人家老王早已开上了奔驰。我和罗兰是同一年出生，我们俩自然又成了彼此眼中攀比的对象。我和罗兰都成了未嫁的姑娘，但罗兰还有个李东海。至少每次在被逼婚的路上，他俩总是默契地说快了快了，这些长辈虽说心焦但嘴上也不好再说什么。而我呢？我是典型的大龄剩女，身后拖着无数张唠叨的嘴，尤其是我妈那张犀利的名嘴。

我想有一天嫁给像我爸那样的男人，宽容、大度、负责任，在每次被我妈逼得走投无路之时，他会伸出翅膀将我保护起来，让我活出自己想活的人生。在我眼中，他是一个好父亲，同时也是个好丈夫，每次我与我妈起冲突时，他总是一遍遍叮嘱我，不能把你妈气着了，不然我饶不了你。我记得当所有人都在问自己的丈夫，我和你妈掉河里你先救谁的时候。我就问我爸："我和我妈掉河里你先救谁啊？是先救你闺女还是先救你老婆啊？"我爸乐呵呵地反问我："你想让我先救谁啊？"我记得我当时特英勇地说："废话，当然先救我妈了。"我要没了你们还能再生一个，这后半句我没敢说出来，我怕他感动得晕过去。我记得当时他听完后感动得老泪纵横，说他们都没白疼我。我爸后来又跟我说一事，说当年生我的时候我妈难产住进了卫生院，推进手术室前我妈就对我爸说了一句话："要是有什么意外，先保孩子。"这么多年过去了，我爸至今都还记得我妈那句话。她是豁出命才把我生下来的，肚子上还留了一条特难看的疤。我爸觉得他欠我妈太多太多，得用这辈子来偿还。他们那个时代的爱情叫永久牌，而我们的爱情越来越像山寨的肯德基快餐。

李东海约我单独吃饭，他从香港给我带回来一套护肤品，我看着那牌子还挺贵就笑纳了。我跟这哥们谈恋爱那会儿，生日给我买件美特斯邦威我就乐得屁颠屁颠，穿着逢人就得瑟男朋友给我买的，感觉身上穿了件阿玛尼似的。那时我们连买一块钱的矿泉水都感觉像在喝依云。李东海至今还用看初恋的眼神看着我，每次都看得我特忧伤特惆怅。这些年他在罗兰魔鬼似的调教下，把爱情当成了坟墓。年少时，我在乎的是他为我系鞋带的感觉。现在，我在乎的是他肯为我花多少钱的感觉。所谓此一时彼一时。

“瞧你一副残花败柳样，赶紧把这些紧致修复的往你那老脸上抹一抹。”

“瞧你这一副朝三暮四人在曹营心在汉的人渣样。”

“晓儿，我又请你吃饭又送东西的。你吃人家嘴软，拿人家手短，知道不？”

“顺道看我的笑话。”

“天地良心，日月可鉴，绝对没这意思。”

“你送我这么贵的东西，也不怕被你家那口子落下口实？”

“没事，到时候你就说你托我买的。对了，她最近忙着做什么企划案已经好几天不回家了。自从她当了总经理助理，老板就是她的日月星辰。麻烦你到公司跟你老板反映反映，这样是破坏夫妻关系和谐。”

我好笑道：“这样她就不催着你结婚了。”

李东海苦着脸，摇头道：“催，她那性子你又不是不知道。虽说她现在工作忙，但这事她一点儿也没怠慢，三天两头一电话，问我日子定没定，她好发请帖。她总是很着急，朝着洗衣机大吼大叫，嫌它速度太慢。”

“那你就从了她吧。”

“你不是不知道她那火爆的脾气，恨不得把我绑在她裤腰带上，我见什么人，中午吃的什么，车里有陌生香水味都得被她盘查一遍。她……”

正当李东海讲得津津有问的时候，我俩都不约而同地愣住了，我们远远看见罗兰挽着一个男人的手，那男人看起来可以当她爸，他俩有说有笑地从餐厅走了出去，那老男人还亲昵地抚摸着罗兰的头发。

我看见李东海头上仿佛戴着一顶巨大的翡翠色的帽子。

李东海惊愕地看着我：“李晓，你告诉我，那老男人是谁？她叔？她大伯？她表哥的二舅？她失散多年的大爷？”

“我不认识啊。东海，你可千万别冲动，什么事我们先搞清楚，罗兰你还不了解吗？她不是这种人。你也知道她当助理要应付各种人，这种逢场作戏的事你可千万别当真。”我的嘴像一把机关枪。

李东海想追出去问个明白，我真怕他一时冲动会闹出什么事来，死命拖住他：“东海，这事回去听罗兰给你解释，没准儿压根就不是你想的那样。有时候人的眼睛会欺骗我们。”

“我想的哪样啊？晓儿，哥们儿我发现自己的女朋友挽着别的老男人的手，我连上去问候一声的资格都没了吗？”

“你先冷静下来再去问。”我也不知道哪里来的力气，把李东海摁回座位上，接着说，“我还不了解你？你的问候方式无非就是不分清红皂白先给人一拳打得满地找牙。要罗兰真的是逢场作戏，你那一拳可算是把她的饭碗都给砸了，李魔头可不管什么过程，他只要结果。要是如果，我说的是如果，如果罗兰真做了对不起你的事，你那一拳又顶什么用？”

“行，我晚点儿找她算账。”李东海的拳头也终于松了下来。

“先搞清楚到底是怎么回事，大打出手又解决不了什么问题。”

我们心不在焉地吃饭，他一直没有说话，只是埋着头吃。他的心情我懂，换谁看见了都一样，我当时想把Bella给撕碎的心都有。可是，有些东西不是你的了，那就真不是你的。你所能做的就是让时间快点走，赶紧把这页翻过去。可是，我们往往要花费更多的时间、眼泪、折磨、痛苦才能将那页勉强翻过去。

“东海，这事你就当没看见。等她忙完这个案子，看她怎么跟你解释。”

李东海继续埋着头吃。他突然停了下来，问我：“晓儿，我是不是特别没用？”

“谁说的？”

“以前我俩在一起的时候我没好好珍惜你。后来工作了，咱们也曾一块儿度过了那么美好的时光，如果当初不是因为我的懦弱，没准儿你已经回到我的身边了。”

“还提以前那点破事干吗？罗兰可不喜欢我们怀旧。”

“是啊，因为罗兰，我们被迫忘掉过去。我以为我能跟她好好的。以前她没工作的时候我嫌她烦，后来她工作越来越好，我又觉得我们之间差距越来越大，可以聊的话题越来越少。我开始怀疑，这到底是不是我要的生活？”

“那你们就结婚啊！也许结婚了就变得更好了呢？”

李东海摇了摇头：“我没有那个自信可以给她更好的生活，就像当初我没有那个自信要求你跟我复合一样。我更怕我承担不起这个责任。”

我不懂男人口口声声说的责任是什么。我只知道女人需要男人履行的责任不是房子在市中心，更不是价值多少万的豪车。我突然想起陈真曾向我无数次地求婚，或许每个人对责任的理解不一样。

“你只是想享受做丈夫的权利，却不愿意履行做丈夫的义务。”

李东海没有回复我，但他也没有反驳。

都说女人可以分为两种，有难度的和没难度的。有难度的通常都孤芳自赏不易亲近，而没难度的像交际花，爱慕虚荣见异思迁。而我觉得男人大致也可以分为两种，有担当的和没担当的。有担当的通常都知道性与年龄对女人来说意味着什么，知道爱情、婚姻、家庭最终是她们的归宿。她们想要有一个属于自己的小家，一两个小孩，一条狗。她们愿意和心爱的男人一起解决很多问题，分享人生的痛与乐。没担当的男人通常打着责任与义务的旗帜要求女人为他默默地付出与等待。他们通常都有伟大的人生信条，而且屡试不爽。经常把不明真相的女人哄骗得感动不已。他们通常对女人说：我搬起砖抱不了你，放下砖我养不起你。殊不知，她陪你走了这么多年，根本不在乎你搬砖的时候抱不抱她，而是你到底要不要娶她。

27
学会妥协

我们继续过着平淡无奇的日子，我们挤公交挤地铁上班下班打卡。我们约三五个好友逛街喝咖啡感慨世界那么大什么时候才能去看看。而夜晚来临的时候，我们总是纠结到底是去健身房待两小时还是再看两集国产连续剧。我们聊天的范围越来越局限，无非就是男人与女人、爱情与婚姻、生活与职场。我们手上的道具越来越雷同，不是苹果手机就是苹果电脑。甚至连我们的穿着品位也越来越像，不是耐克阿迪达斯就是Jimmy Choo或者Jason Wu。我们总是忙着刷微博聊微信，关心天边一场血淋淋的坠机事件，或者某个男明星的出轨、某个女明星的走光或整容。我们当然也关心身边的朋友，我们总会在她晒完老公孩子和狗的照片下面假惺惺地点个赞，以证明我们之间还有联络，虽然彼此之间很久未曾见面。

罗兰约我和钱多多去西湖边喝咖啡已是两个月后的事情了，我们收到了她的结婚请帖。帖子设计得很有创意，手绘了两个人在爱琴海结婚的场景。新郎穿着阿玛尼，新娘披着Vera Wang，看上去两人一定会生死相依白头偕老。只是，新郎不是李东海。

我们一直觉得，就算是山无棱天地合，这两个人也不可能分道扬镳，但他们现在却要相忘于江湖了。

在这个爱情动荡的年代里，“合则聚，不合则散”俨然成为爱情的主流模式。我们一直标榜自己敢爱敢恨，对待爱情叛变的态度很帅很洒脱，早已将它视为一种娱乐游戏。而罗兰与李东海的分手却是我们始料未及的。他们一个把爱情看得太过神圣，把责任视为泰山。另一个受够了爱情的苦，这么多年的时间磨平了所有的激情，她需要他对爱情给予回应，但他却一直装聋作哑。

“我总算想明白了，男人再怎么重要，终究不过只是配偶栏里的几个字。我生命中真正的主角是我自己。”当我和钱多多两个正面面相觑的时候，罗兰开口说道。

她信奉的爱情没有开出绚烂的花朵，没有长成殷实的硕果。虽说婚姻也不是爱情的保证书，但最起码是爱情统治的工具。

钱多多似乎表示理解：“人生总在不断前行，生活总会变得更好。住更好一点儿的房子，穿更好一点儿的衣服，开更好一点儿的车，买更好一点儿的包包。每个人都有选择的权利，去追求更好的东西。”

“这年头什么叫爱情，就是爱情不能跟年龄、经济相差太大。像我这样年轻貌美的嫁给了比我大近二十岁的富老头，不叫傍大款就叫小三上位记。要老潘比我小十来岁还是个穷小子，就变成了小白脸被富婆包养。我和李东海看似般配，但还是竹篮子打水一场空。”

“难道你心里就真的不想嫁给李东海？”我反问她。

罗兰摇了摇头，假装自己释怀。

“你就嘴硬吧！当初你逼着李东海娶你的时候，只差没把他逼得跳西湖。”

“但他就算是跳西湖，也不愿意娶我。你凭什么来指责我，是他快把我的青春给耗尽了。我只能抓着青春的尾巴最后搏一把。”

钱多多说：“但是嫁给那个老潘，年龄是你们永远无法逾越的障碍，你可能会觉得他成熟稳重有男子汉气概，记得你的生理周期，会在圣诞节给你买礼物，会法式香吻和一口流利的英式英语，去过维也纳研究过达利的画。但有一天你还风华正茂，而他没准儿已经在拄拐杖。当你们的儿子需要有人送他去上钢琴课，而他正在医院的监护病房插满管子。所有人都误以为你儿子管他叫外公。”

我赶忙点点头表示赞同。

“凡事有利有弊。如果我继续和李东海在一起，我还得履行做妻子的义务，尽一个做妻子的责任去照顾老人，带小孩上辅导课，去张罗表哥舅舅家的亲事。但我没有妻子的名分，他不会给我一个巴洛克式的婚礼，不能满足一个妻子作为女人想要价值一万元的包包，做头发让他心甘情愿地等5个小时的权利。”

我继续为李东海求情：“但他并不是过错方，虽然对婚事一拖再拖，他并没有做过任何对不起你的事情。”

“我宁可他劈腿，这样我还能带着受害者的姿态去寻找我的幸福。你关心李东海被我甩了会难过，但你考虑过我吗？我一次又一次奢望他可以娶我，却换来一次又一次失望。现在我一点儿都不屑去乞讨一场婚姻，因为已经有人决定娶我。”

钱多多说：“李东海是个好男人。”

罗兰笑道：“好男人是不会在跟你各奔前程之后还大肆宣扬你们曾经那点破事的。你们真当爱情是可以过期了还能再喝的牛奶吗？”

我不知道罗兰和李东海之间究竟发生了什么导致她执意要嫁给老潘，可是这么多年的感情说散就散了，为什么我比罗兰还觉得惋惜和难过。

钱多多似乎想补充什么，手机响了。我听见电话那头王金几乎用吼的方式问她在哪里，有没有考虑过肚子里的孩子。

挂完电话后，钱多多讪讪笑了：“我就是你们的前车之鉴，千万不要奉子结婚。”

罗兰说：“先上车还是先买票其实不是重点，关键在于你要的是谁的染色体。”

我们听说王金他妈嫌照顾孕妇很麻烦，前阵子就回东北老家去了，那时她的气色就不是很好。但后来老太太说万一怀的是孙子呢，她还是得过来照看才放心。老太太又风尘仆仆过来照顾未出生的孙子。整天不许钱多多吃这个吃那个，逼着她天天喝鸡汤，说是肚子里的孙子会饿着。她每天唯一开心的事情就是王金趴在她肚子上听，一边听一边笑。她说这是他们从认识到现在为止，唯一度过的最开心的时光。她渴望时间可以再走慢一点儿，留住现在的美好。

王金开着钱多多的新车来了，远远看上去真是意气风发一表人才，身上又穿着这件花衬衫和紧身西裤。上次我在机场不小心看见他搂着一个辣妹从我身边走过时他穿的正是这套衣服。他走了过来，朝我们打招呼。不管他笑起来的样子多么灿烂，走路的样子有多酷，我都能闻到一股浓郁的荷尔蒙爆发的人渣味。

王金朝我们打了个招呼，摸了摸钱多多的肚子："儿子，想死爹了。"

钱多多穿着宽松长裙，虽说看起来肚子并不明显，但平时坐着站起来都显然有些吃劲："你怎么就断定是个儿子呀，没准儿是个女儿呢。"

"不能啊，绝对是个儿子。况且我妈还整天念叨孙子呢。"

"生不生儿子不是钱多多能决定的，万一回头生个女儿就怪你自己祖传染色体不争气。对了，这事要记得给老太太科普，真抱不上孙子也好有个心理准备。"

罗兰这嘴真狠，王金一下子没接上话。

"李晓，你和陈真是不是真的没可能了？别难过，回头我给你介绍个更好的哥们儿。"王金突然把矛头转向我。

钱多多想让王金闭嘴："老公，咱们先回去吧。"

"李晓的男朋友我负责介绍，再怎么也不能找个娘娘腔或者小白脸吧。"罗兰本想说他是趁老婆怀孕在外头勾三搭四的小白脸，怕钱多多受不了，特意把形容词去了。

王金黑着脸走了，钱多多拖着臃肿的身子急忙赶上前去。

我记得他俩结婚没多久，我们仨在老蒋的KTV唱歌，当时钱多多唱王菲的《棋子》唱着唱着就哭了。她说她不幸福她不快乐，可是她没有后路可以退，因为她怀孕了。明明是两个人同甘共苦的一出戏，却偏偏只有她一个人去扛。她是婚姻中的女主角，也是卑微的施予者。

后来，钱多多睡着了。老蒋把我们一个个送回家，罗兰坐在副驾跟老蒋说：“她总是觉得自己年纪很大，选择的范围有限，没有男人会为她而心碎。她的身后再也没有捧着红玫瑰排队等候的男人。她的危机感迫使她向生活妥协，即使她是生活中的女主角，但她总是保持着一副受害者的模样。”

老蒋说：“为什么我总是遇不到好姑娘，而好姑娘为什么又总是遇上人渣？”

……

几个月后我去参加罗兰的婚礼。

婚礼很热闹，各界名流老少爷们儿姑娘媳妇儿都从四面八方赶来，就连日理万机的李魔头也现身了。万万没有想到的是李东海也来了，他的表情庄严肃穆，仿佛是来参加一场葬礼，他逝去的爱情的葬礼。当婚礼进行曲响起的时候，仿佛听到的却是《可惜不是你》。他并不是来砸场子的，而是来送红包和祝福的，这不禁让我们大吸一口凉气。

这是我第一次见老潘，他那肥胖臃肿的身体被塞进一套光鲜亮丽的新郎礼服中，他戴着一顶假发以掩饰他过早就谢了的头顶。他还化了淡淡的妆，试图抹平他脸上如高速公路网络布局般的皱纹。听说老潘还挺有钱，送罗兰的钻戒是5克拉的，手表是宝格丽的。他笑容可掬，慷慨激昂。他还写了篇婚礼誓词，听起来像领导讲话。

我爸妈也来了，很快就与罗兰的父母短兵相接。

罗兰妈对我爸妈的到来说了些客套话便入正题了：“我女儿都

结婚了，李晓妈，什么时候喝你女儿的喜酒啊？”

“我们不急。”

“怎么能不急哟，马上都30岁了。”

“30岁怎么了，总比嫁给一个糟老头好吧？”

“嫁个老头怎么了？老头有钱。况且我女儿还嫁出去当豪门阔太太了，你女儿还没人要咧！”

“不是没人要，是我自己舍不得还想再多留几年呢。”

“还留几年啊？那时候就真的没人要了。”

罗兰妈终于在女儿的婚姻上扬眉吐气一雪前耻。我妈朝我瞥了一眼，我假装没看见。随着我年龄越大，就越来越害怕参加谁谁谁的婚礼，以前我们几个好姐妹还单身的时候到处控诉着男人的自私，我们打着不婚的旗号周游在男人身边，进退有度，游刃有余。而现在，只剩下我一个人，我突然觉得特别孤单。目前的局势，我不断被一堆七姑八姨二舅表嫂穷追猛打，只因为我没有跟一个男人去领证结婚。他们才不在乎我过得开不开心，工作喜不喜欢，最近有什么新的爱好，对昆德拉有什么见解，是否有悲天悯人的情怀，血液里是否流淌着对自由、平等、公正的不懈追求和奋力维护。作为一个女孩，他们认为我整部人生序曲是由爱情来谱写，但我人生的意义则由婚姻所来定义。他们压根不在乎我有什么梦想，我的青春是否燃烧过，我对生活抱有怎样的热望。他们在乎的只是档案栏中我是否有配偶，婚否。

我想拉着李东海或者陈真，随便生活中的一个与我有过交集的男子，求求他们把我娶回家。生命如此短暂，跟谁过不都一样吗？可我又觉得生命太漫长，漫长到我日夜要面对一个人，我们共同睡同一张床，用同一间浴室，我们彼此听着彼此的呼吸声入睡。这是一场豪赌，我不敢轻易下决定。

罗兰的婚礼上来来往往的人被分成了若干小圈子：工作圈、生活圈、同学圈、家属圈。那些跟你八竿子打不着关系的人也喜欢以“你有男朋友了吗”“打算什么时候结婚”为开场白对你进行问候。尤其当我妈看着王金带着怀孕的钱多多四处秀恩爱时，我更是沦为众矢之的。

28
自尊&面子

熬过了罗兰的婚礼，我想我又可以平静安全地度过一阵子了。可这个时候，陈真突然从上海回来，努力修复和我之间的关系。他开始改头换面重新做人，经常面壁思过反省人生。我不知道为什么，我那些前男友们总是喜欢玩浪子回头破镜重圆的把戏，但我显然没了兴趣。好男人是不会做出任何伤害你的事情的，因为他知道你会难过。猛然间我发现身边的好男人少得可怜，人渣反倒是层出不穷。

但他继续弘扬锲而不舍越挫越勇的精神，一大早给我送早餐，一礼拜送我一束花，晚上接我下班吃饭馆子随我挑。商场陪我逛，东西是我的，卡刷他的。周末在家给我做午餐，带我去看电影首映。他跟我聊人生聊哲学，聊生死轮回，聊三生石上的缘分。他说他依然记得我们的约定，等我30岁的时候他就娶我。他说他这辈子干的蠢事太多，也不奢求我去原谅。他经常给我念悔过书，台词说得比唱得还好听。他想抹掉光辉的劈腿历史，在一起的时候不懂得什么叫珍惜，分手之后又后悔自己错过了世界上最好的女孩。

罗兰终于奋斗成了她所鄙视的那种富婆。以前每次我们看见年轻漂亮的妞挽着头发花白的老爷爷逛名店时，她总是幽幽地发出感慨："又是一个价值观严重扭曲的姑娘啊。"什么叫白富美，洁身自好为白，自力更生为富，内外兼修为美。绝对不是靠着花亲爹或者干爹的钱在脸上大兴土木刮皮削骨背着名牌logo到处炫耀自己。她蜜月旅行结束后，干的第一件事就是向李魔头提出辞呈，走的时候对李魔头说："恭喜你被我fired。"她大摇大摆地从李魔头的办公室走出来，从此决心当她的豪门阔太相夫教子，我反倒心生羡慕。

罗兰知道我与陈真藕断丝连每天上演偶像剧的消息时，专门打电话给我讲了好马不吃回头草的故事，但我无动于衷。

"你要搞清楚自己人生的剧本——不是你父母的续集，不是你子女的前传，更不是你朋友的外篇。对待生命你不妨大胆冒险一点儿，因为好歹你要失去它。如果这世界上真有奇迹，那只是努力的另一个名字。生命中最难的阶段不是没有人懂你，而是你不懂你自己。"

我点点头："说得好有道理啊，谁说的？"

"尼采！"说完她挂了电话。

可是死去的尼采并不能说服我完全舍弃苟延残喘的爱情。

几天后她让老潘安排了个饭局，约我们这些酒肉朋友叙叙旧的时候，我正坐在陈真的车上忙着跟他吵架。说好的晚上六点来接我一起去吃牛排，他居然敢让我在这寒风凛冽的冬日里等他44分钟。自从他开始吃回头草对我穷追不舍，我那点可怜的自尊又重新穿上了虚荣的袈裟。

“我说娘娘腔，现在都几点了，我都快冻成施华洛世奇水晶灯了!”

“临时有点事……”

“又有事？今天是你前妻又犯病了还是Bella失去你之后又辗转反侧了？我就纳闷了，你一个整天穿得花枝招展准备去相亲似的娘娘腔，比国家领导人还日理万机。”

“今天是我不对，我应该早点出门。”

“你是不是觉得这样特别有男子汉气概啊？全世界女人围着你团团转，风里雨里雪里的等候着你这个中国好前夫。看你这裤子还挺fashion的，一看就知道劈腿的功力挺深厚。”

“今天我是真的错了，下次我绝对不敢了。”

“当初你跟你前妻结婚的时候估计对她说过要一辈子爱她保护她生死相依不离不弃吧。现在不还是相忘江湖了，男人都是骗子。”

我像个复读机，每天喋喋不休地跟他翻这本陈年烂账。每当我脾气不好心情低落缺乏安全感的时候，劈腿、前妻、Bella、骗子这些词汇就像爆米花一样蹦出来。无论是荣升为部门经理，拿下年度第一的总冠军，工资翻了好几倍，穿着阿玛尼套装，挎着Prada包包，每日吞吐各种米兰时装资讯，依然丝毫改变不了我。连我自己都开始恶心我自己，是什么让我沦为资深怨妇。

但我就是无法释怀，什么宽宏大量忍最高，什么男人的雄性荷尔蒙决定他们是冲动型动物，什么聪明女人的处世哲学与智慧，对我来说根本就不管用。

我想忘，但是忘不了。无论他是以怎样虔诚的姿势满怀歉意地将我搂在怀里，对我说他这辈子再也不会做对不起我的事情了，还是他在我的面前号啕大哭像个无助的孩子，乞求我可以把过去这个篇章翻过去，我内心还是翻滚着一种莫名其妙没有由来的恶心。我恶心婚姻、爱情、背叛，我更恶心他整天把我当成神父一样在忏悔。我还恶心我自己，我那点可怜的自尊又在作祟吗？我快要被这个世界的洪流给冲走了。

在无比的怨念中我接到了罗兰的电话。

“哟，富婆，什么风把你从西伯利亚给吹回来了，不陪着你们家老潘，来找我这个有更年期征兆的大龄少女？”

“这么久不见，修炼得一副伶牙俐齿。”

“有事直说吧，我正对陈真进行正义的讨伐呢。”

“也没什么事，就是我们家老潘今晚想请你们吃个饭，感谢你们替他照顾我。”

“别别别，我可没照顾过你，照顾你的人是李东海。”

“自从放下李东海那棵歪脖子树，我找到了整片森林。别废话了，一会儿地址发你。”提起李东海，罗兰显得挺平静的。

挂了罗兰的电话，我扭头问陈真：“罗兰请我们吃饭，去吗？”

“去！”陈真又想了一会儿，“去不去都听你的。你让我往东我绝不往西。”

车子在前面掉了个头，我们朝罗兰发给我的地址赶去。

服务生把我们领到一个包厢里，罗兰和老潘已经到了。罗兰张罗我坐她旁边，她穿了一身黑色的皮装，上面套了一件时尚感极强的皮草，黑色修饰了她姣好的身材，她看起来还沉浸在新婚的喜悦中满面红光。老潘朝我们点了点头算是打招呼，又忙着接电话去了。

罗兰看了眼老潘："唉，我们家老潘就是忙，一个那么大的公司需要打理，你们多担待啊。"

没一会儿王金扶着钱多多也来了。王金看见陈真倍感亲切，两个人结实地来了个拥抱，感觉像是阔别几十年。

"哥，你什么时候从上海回来的？也不给我打个电话。"

陈真知道我与王金的梁子，弱弱朝我看了眼。

"回来也没多久。"

"是为了嫂子回来的吧？"王金不怀好意地笑笑。

"嫂子"这称呼我怎么听得起一身鸡毛疙瘩。

"谁是你嫂子，你名正言顺的嫂子在三亚呢，还有一个嫂子最近也不知道去哪儿了……"

罗兰安抚我暴怒的情绪："好了，不就那点破事嘛，都过去了。认错也认了，悔过也悔了，你还想怎么样？差不多就行了！"

我看着以往爱憎分明的罗兰，居然呈现出一副大度贤妻的尊容，这让我一时有点吃惊。

"你们呼吁男人的好色偷腥是为最根本的遗传利益所驱动，是雄性动物的本能，但女人也拥有选择权，凭什么我要嫁入你的门楣，成为你传承的工具？都说我快30岁了别那么挑剔，但我凭什么不挑剔啊，自古以来雌性动物生来扮演的就是挑剔的角色，就是去寻找那些赢得胜利的强者，然后传承后代。既然男人觉得好色劈腿是雄性的生物本能，那么女人也应该行使挑剔的权利，而不是委屈自己随便找个男人嫁掉。”

我噼里啪啦以电光火石之势，把在场所有男人基本都批判了一通。但我只注意到陈真那张脸变成赤橙红绿青蓝紫色，我现在除了不顾忌他的感受，连他的面子也不顾了。

伤害，有时候让女人变得聪慧，也会让女人变得愚蠢。但他那点面子还是弥补不了我心中那个巨大的被撕裂的伤口。

我和陈真，要么彻底斩断情丝，要么就这样至死纠缠。

“多多，好一阵没见了，看这样子也快生了吧？”罗兰赶忙岔开了话题。

“还没这么快，预产期还有一个多月呢。”多多笑了笑。

这时服务员开始上菜了。罗兰说道：“这家餐厅平时都预约不到位置，好在我们家老潘跟餐厅老板认识，大家吃菜。”

罗兰忙着招呼我们。而老潘吃了几口菜，又接电话去了。

“李晓，多吃点，这家餐厅可不便宜。”罗兰给我夹了点菜。

“这升级成了富婆，口气都跟以前不一样了。”我淡淡说道。

“我这是在给我家老潘撑门面呢。成功男人的背后总有一个替他花钱如流水的女人。对了李晓，在李魔头那儿就别干了，几年了也没怎么涨过工资吧？要不来我们公司吧，我让老潘给你薪水翻番。”她又扯了扯正在打电话的老潘，“是不是啊，老潘？”

这老潘好脾气地点了点头。

“这不好吧，我觉得我现在这朝九晚六的工作干得也挺好的。反正我这个人胸无大志，没打算当什么职场金领或者傍个什么大款嫁入豪门啥的，我就这样平平淡淡挺好。”

“好什么呀。老潘的公司正缺人手，你一来啊，咱可都是自己人。”

“真不用了，你这份心意我领了。”

罗兰又朝着钱多多看了看：“多多，你们家王金现在还在干那什么建筑师吗？”

“哪儿是什么建筑师啊，也就上上班混混日子。”王金说道。

“这都是要当爸爸的人了，可得卖力挣奶粉钱了。等老潘有空的时候，让他跟你聊聊，他有很多做房产的朋友。”

王金听完显得挺兴奋：“那敢情好。”

这时老潘接完电话，说公司有事先走了，让罗兰好好招待我们。

晚饭结束的时候，王金上前管罗兰要了老潘的名片，如获至宝地放到口袋里，他又跟陈真闲聊了几句。钱多多今晚几乎没怎么说话，我记得往常她滔滔不绝跟演讲似的。她看上去也有些疲惫，走的时候对我说：“罗兰变了。”

我看着王金扶她上车，嘴里还是像以前一样念叨：“小心肚子里的孩子。”

陈真又开着两座车过来，我提议让陈真把罗兰给送回去。

罗兰摇了摇头：“我们家老潘派了司机来接我。”

北风吹得我们的头发乱飞，我们在寒风中告别，陈真载着我回去。我回头看了眼罗兰，分明看见她一个人哆哆嗦嗦地站在马路边打出租车……

29 深陷围城

当我还在圆形床上以360度旋转姿势做着我的春梦时，陈真猛敲起了我的门。他急得直跺脚：“那边有一个正准备拿菜刀抹脖子上吊的。咱们赶紧去看看，她要真想不开，真要一尸两命。”

我看娘娘腔那架势，立马换好衣服，跳进他的车里，两人一块儿火速赶往案发现场。

案发现场在钱多多家，肇事者是她老公王金。虽说王金这小白脸在生活作风方面早有前科，但一向善于隐忍大度的钱多多这次居然大动干戈，拎着菜刀跟泼妇似的闹自杀。什么睁一只眼闭一只眼，家和万事兴和女人遇事后的冷静、优雅、大气统统只是站着说话不腰疼的废话，一点儿也拯救不了她尴尬的处境和濒临死亡的婚姻。

王金这个默默无闻的设计师，喜欢跟新来的女同事搞点暧昧。他没有男人的担当与魄力，一副假装孝子的模样让钱多多受尽委屈，另一边还时时维护着好男人的形象，却终究抵不住诱惑。他一边高颂元稹的“取次花丛懒回顾，半缘修道半缘君”，一边对别的女人大谈生死轮回，说什么爱情就是一场暴风雨说来就来。

我和陈真赶到钱多多家的时候，大门紧闭，里面鸦雀无声，手机无法接通。一种不祥的预感渐渐涌了上来。陈真使出吃奶的力气，用脚踹门。我则已经开始拨打撬锁公司的电话。

门突然开了。钱多多顶着没睡醒的头发打了一个长长的哈欠：“你们怎么一个个全都来了，进来吧！”

我和陈真狐疑地对视了一眼，前后进了门，罗兰也在。客厅有点乱，地板上残留着两具玉花瓶的尸体。我依稀记得那是他们刚结婚的时候，钱多多在玉器店里看中了一对玉花瓶，罗兰买下来送给他们的新婚礼物。砸了血本新买的真皮沙发上有一种凌乱的美，就像两个深爱的人刚在上面发生了一场爱情车祸，上面印着的不是钱多多的口红印而是她的抓痕。

“你们随意，我先进去换件衣服。”钱多多挺着肚子一步步往房间走去，她甚至连看也没有看我们一眼，“砰”地关上了门。

我捡起地板上的枕头扔回沙发上，对罗兰说：“戴得起5克拉钻戒，也必须得忍受5个地下情人。享受得了巴洛克式的虚华，也必须耐得住午夜独守空房的寂寞。大富婆，你今天怎么有空来？”

“我说李晓，你能不能别在这个时候进行你的爱情买卖的计算公式了？”

“虽说一针见血，但却有些残忍。”陈真提醒我，抖动着外套上的流苏羽毛，“从她决定嫁给那王八蛋的那一天，她就该料想到今天的结局。你们劝过她多少次了，劝不住啊。你们给她分析过中间的利害关系没有？你们帮她计算过青春与财富的输入输出比没有？你们帮她参考过爱情跟婚姻之间的界限与关系没有？可她全当这是放屁！”

“可那王八蛋是你介绍给她的。”我对陈真说。

“这并不是一场交易，要求买房子送个停车位，买汽车送个厨房三件套，买衣服享贵宾折上折。但你找个男人结婚凭什么附赠个前妻的孩子。我不给他戴顶绿帽子，他还真不知道老娘的厉害。”罗兰点了根烟猛抽，看上去很颓废。

原来，她和钱多多一样，婚姻并没像浑身上下的行头那般光艳亮丽。前阵子她发现老潘暗中给她吃避孕药，她那暴脾气差点把原子弹引爆。

她和李东海信奉爱情没有先来后到，而她却过早地成为婚姻的傀儡。她离家出走了好几天，被老潘骂了那么多次婊子贱人之后，她要再不对他下手太对不起这个光荣称号了。

但她发现自己无处可去。她想回家，但怕她妈问起她的婚姻是不是亮起了红灯，然后对她灌输女人最成功的事业就是经营婚姻。她想去找李东海，当所有人都关心她飞得高不高时，只有李东海关心她飞得累不累。可是现在物是人非，她成了别人的妻子，已经没有勇气再去贪恋他的怀抱。她想过来找我，我们俩从小一起长大，我们见证了彼此的成功与失败，我们是彼此生命中不可抹灭的一道风景。但是她没有，她害怕在我面前表现出一副狼狈的可怜样。她还想过凭她的姿色，随便找个小白脸照样可以玩一场轰轰烈烈可歌可泣的爱情。

直到后来，她陪着顶着大肚子的钱多多去抓了王金这个小白脸的反革命现行。

罗兰比钱多多更激动，她想起老潘给她吃避孕药那事。一边开着车，一边对钱多多说："男人真他妈的没一个好东西。找个有钱点的土老头吧，整天担心你嫁给他是为了谋财害命，对你的评价除了势利的婊子就是看上我钱的贱人。嫁个没钱的小白脸吧，也他妈不省事。你辛苦给他怀孕生子，他倒是下半身开始思考人类的起源。这种男人，就该见一个灭一个。"

王金一边手忙脚乱地穿衣服系皮带捡袜子一边不停地忏悔："老婆，我错了。我真他妈该死。"他假模假式地抽了自己几个不痛不痒的耳光，但从那双流泪流得特别真诚的眼睛当中可以看出，他是真的知错了，但知错并不意味着他就一定会改。

钱多多显得特冷静。她只是安静地牵着王金的手说："老公，我们回家。"她眼眶红得吓人，罗兰瞬间傻眼了。

钱多多走的时候对裹着床单的小三说："他就算再窝囊再斯文败类他也是我孩子的爸，所以我负责挣钱养家，他负责有钱败家。我真谢谢你这么想当我孩子的后妈。"

罗兰仔细打量了一下那外表一副楚楚可怜林妹妹模样的小三，谁知道内心有没有上演过宫心计。

钱多多事后一边抹着泪一边对罗兰说："聪明的女人需要一副好的肠道，无论是面对婆婆的挑剔还是老公的外遇，都得在天亮之前将它消化得干干净净，然后排出体外。第二天阳光依旧灿烂，化上精致的妆容神清气爽去面对新的人和事。聪明的女人知道如何处理烂摊子。"

但她还是因为小三的事，跟王金大吵一架。

为了他，她十月怀胎，忍尽涅槃之痛只为一朝分娩生下一个跟他姓的孩子。她身材变形满脸雀斑，他却开始对她不闻不问。他从来不会给她买舍不得买的东西，也从来不会把钱上交给她，更从来不做家务，好像这个家跟他什么关系也没有。他最多只是去指定的地方接她回家，然后说他上一天班很累。可谁不累啊，因为爱，她为他做饭，但他嫌她做的意面不够意大利。她替他照顾年迈的父母，他嫌她忘记他二舅的老婆的侄女生日。她替他生小孩，他嫌她年龄太大基因不够一百分。

这些她都忍了，但令她无法忍受的是，她即将生下一个属于他俩的孩子，而他现在口口声声用一时冲动就完美诠释了他跟另一个年轻女人在一起鬼混的事实。她想起这些天来，他的鬼鬼祟祟，想起这些天他半夜莫名其妙地接电话，想起他对她突然的好仅仅只是为了补偿他的出轨。她摸着自己的肚子，像个孩子似的号啕大哭。

所谓的爱情就是肉包子打狗有去无回。你为爱付出青春年华，换来的只是他狗血的深刻哀悼和对不起的婚外情。恨不能让你两手空空赶紧登上末班列车离开他的城市。

钱多多，我的资深闺蜜，也曾主张丁克与女权主义。可现在她仿佛就像一辆刚出过交通事故的保时捷，满地的残渣与碎片。无论曾经有多么的风光，披着怎样耀眼的华衣，都一样无法在高速上奔驰行走。

“结婚之后，才发现自己身不由己。当我想要去旅行，并不能背着包说走就走。我要跟他报告航线，制订出行的计划，设定旅行的时间，甚至连旅行的目的地还要争论不休。当我想要去爱，才发现爱人并不在我身边。他在去看前妻的路上，孩子的学校门口，客户的应酬桌上，也许某一天也会在情人的卧室里。”罗兰最后猛吸了一口烟，然后捻灭。

她站了起来，一身将她包裹得很紧的立体主义美感的Versace连衣裙，依然隐藏不了她空洞的身体。背着老潘送她的名牌包包，戴上复古墨镜。我着迷于她自信昂扬地走在大街上的样子，却也害怕她回到家卸下一身名牌后的空虚。

陈真清了清嗓子：“生活没有过不去的坎儿，婚姻也没有你们想象的那么不幸。女人既要貌美如花，也要口吐莲花。最好能上得了厅堂下得了厨房，杀得了木马打得过流氓。如果今天他对你爱搭不理，明天你就让他高攀不起。毕竟女人一生当中，要同时扮演多个角色，靠的不是演技、姿色、金钱、权势，而是自己。但无论角色如何转变，你就是让自己活得精彩漂亮！是吧，晓儿？”陈真得意地把手搭到我肩上，恨不能将我紧紧禁锢在他的臂弯里。

罗兰冷哼了声：“看不出来啊，你什么时候也变妇女之友了？”

这个时候钱多多从房间里走了出来，换了一身宽松的棉麻衣，干净朴素，似乎想要掩饰她婚姻生活的不幸。

“他本来就该当妇女主任的。走吧，三个女人难得聚首，出去喝个咖啡吧。”钱多多出奇地冷静，这与她平时的作风和我们接到的情报完全不符。

我和陈真面面相觑，总觉得这该不会是暴风雨来临之前吧。

“多多，你放心，王金那臭小子我一定替你给收拾了。”陈真发誓。

三个被爱情婚姻这类名词逼得走投无路的女人走进购物商厦，

后面还带着一拖油瓶娘娘腔。我们游走在各种性感、妩媚、有男性腔调和复古情怀的广告牌下。LED正播放着手表的工艺，虽然我们从来不关心时间是如何被雕琢出来的，我们关心的是品牌logo、品牌文化和附加值。化妆柜台的小姐妆容过剩，从她身边走过会闻到一股麻辣火锅的味道。迎面走来一对关系亲密的情侣在互相喂食，讨论烛光晚餐后的活动。

我们就这样空虚地走着……

其实我们都不喜欢逛商场，我们并不需要消费大把的钞票换取一套名牌盔甲来彰显自我价值。但每次在生活出现危机的时候，这就变成了我们约定俗成的定律。

就像罗兰说的，她的青春已经被挥霍得差不多了，在她变成半老徐娘糟糠之妻之前，她再不挥霍财富恐怕要便宜了后来的新人。

我们都知道，如果有一天她不花老潘的钱了，那才是真正的危机。不是每个男人都有资格让她去花他的钱。

我特别怀念她俩还没有结婚的时候。我们会因为某张海报的画面而去买一把复古吉他，即便我们都不会弹曲子。我们会因为喜欢某本杂志的封面而去专门买颜料把书房的墙面涂鸦成波普拼接。我们会因为喜欢Maison Martin Margiela，而专门将奶奶的毛衣拆了重织。我们会在某个阴雨绵绵的下午想去种花，却纠结于要买什么牌子的洒水壶和锄头。我们会花一整周的时间去安静地读一本英文书籍，只因为那个封面的字体太具有美学精神。我觉得那才是真正属于我们的生活，而不是像现在，靠着消费暴发户的VIP卡空虚地活着。

我们避开婚姻的话题，假装自己了解咖啡的历史，畅聊西湖古韵，抑或聊聊八卦，再感慨一下岁月是把杀猪刀。

虽说婚姻是一笔烂账，但只要我们仨友情还在，仿佛一切又都不是事。

30
不算完美的结局

后来，王金还是向钱多多提出离婚，为此王金他妈从东北老家赶了过来。这两个女人头一次站在一个阵营共同抵御外敌。对着王金动之以情晓之以理，说一见钟情只是荷尔蒙的一时冲动，婚姻则是细水长流的账单。跟他聊男人的责任，未出生孩子的成长环境，老人的赡养问题，现代社会的工作压力，爱情的不稳定性，婚姻才是患难与共长治久安的保障。

其间，陈真说好去当说客，却把王金给揍了一顿。他那天回来的时候脸上也挂着彩，他说他小时候没怎么练过，所以打起架来往往雷声大雨点小。

“你什么时候拥有侠客精神，会路见不平拔刀相助了？”

陈真特沮丧地看着我：“因为我走过弯路，我不想王金像我一样重走一遍。”

他的话猛地揪住了我的心。

陈真跟王金还聊了很多，或许男人与男人之间的深度沟通比女人所谓的大度和包容要有效得多。

但我又错了，原来是钱多多使出了她唯一而且最为有效的撒手锏：如果王金执意要离婚，而且他还是过错方，那他只能净身出户。

钱多多为了迎接孩子的到来，剪掉养了十年的长发，报起了胎教班，戒掉油腻的食品选择对身体有益的有机食品。那些天过得很漫长，她没有老公的陪伴，每天战战兢兢倒数着预产期。王金他妈重新在家里住下了，给她煲汤洗衣服，陪她聊天解闷，跟她讲王金小时候的趣事，聊无论结果如何，多多始终都是她心中的儿媳。

她第一次抱着老太太哭了。

但真正让钱多多强大的是她肚子里的孩子，她已经身负重伤且千疮百孔，唯一的铠甲就是孩子。

罗兰又开始喋喋不休她与老潘那点儿事："他找的压根不是老婆，找的是老妈跟保姆，找的是花瓶跟性感，找的是家世跟背景，一个拿得上台面的摆设。我决定推翻老王的政权，扩大自己的领土，接管自己的身体，主宰自己的人生，收回自己失去的女权主义。"

她鬼使神差地跟老潘速速闪婚，为此她还放弃自己的大好前程。从此由单身贵族、文艺小资女、旅行艺术家、前卫广告人、资深女神一跃变成了已婚妇女、终身保姆、居家女主人、午夜情人、新晋后妈。

"我一直以为我优雅地活着需要的是钱。但我发现有钱之后，我并不能优雅地活着。"

"我从来就没有优雅地活过。"我笑她站着说话一点儿都不觉得腰疼。

罗兰最终还是跟老潘离了。

人们往往结婚的时候很高调，恨不能全世界人民都来见证你的幸福。离婚的时候反倒低调，害怕别人在背后开始议论离婚的真正原因，成为人们口中茶余饭后的笑料。

罗兰离婚了，平时一惯趾高气扬的罗兰妈也跟着收敛了不少，对罗兰离婚的事情只字不提。至少她再也没有穿着昂贵的貂皮大衣烫着一头精致的离子烫，一脸包租婆的样子逢人就高傲地说："这个是女婿孝敬我的，我那个女婿，除了离过一次婚，什么都好。"

我今年虚岁30，大龄剩女。亲戚们以为我有不可告人的隐疾，邻居笑我是30岁还没人要的老姑娘。我月薪一万二，干着一份悠闲散漫的工作。我最好的两个闺蜜的婚姻闪了红灯，但一点儿都不妨碍我踏入婚姻这座坟墓。是的，我终于要结婚了！这令所有人都大跌眼镜，野百合也有春天。

我结婚并不是因为想要堵住悠悠众口，也不是为了证明我的心理和身体都很健康。结婚仅仅只是因为我想结婚了。我想每天早上起来有个人可以名正言顺地为我做早餐，有个人可以为我制订几次旅行计划，在我生病的日子里陪着我去医院，周末开着车买皮皮虾去我爸妈那儿蹭顿晚餐，可以根据排卵的周期来选择生个孩子，可以走到哪儿都被除爸爸以外的另一个男人惦记着关心着。

从这一刻开始，维持我们婚姻的不是爱情，而是两个人的合法承诺。

我穿着鱼尾形的婚纱，把身材衬托得很婀娜，把胸挤得很有料。这件婚纱还是很久以前陪多多去逛婚纱店的时候看上的。我那时就在想，这个世界上我会为谁穿上这件嫁衣。

我穿的水晶鞋是我妈亲手给我一颗一颗镶上去的，她一边镶的时候一边抹眼泪：“以前你没嫁的时候我天天催，可你真的要嫁的时候我又舍不得。”

我爸穿着西装看起来还挺帅，就是两边的白头发有点多，我总笑着说这是时下流行的挑染，赶超欧美流行趋势。

我爸摸着我的头说：“女儿，以后那小子要再做什么对不起你的事，你什么也别告诉我们。因为他是你的丈夫，你迟早会原谅他。但我们永远不会。”

两人真不愧都是老文青，煽情煽得我眼泪快要往下掉。我仰着脖子让眼泪流回去，别弄花了我一大早起来化了三个多小时的妆。

我妈还把银色手镯给我戴上，我仔细一看，还真是我们家祖传的那只镯子。我一直害怕他俩问起这事，之前黄达也送了我一只，我想着至少可以蒙混过去。

“小祖宗，还好只是掉在床底下，要真弄丢了我非剥你的皮。”我妈一边给我戴上一边恶狠狠地说。我爸跟在旁边乐呵呵地笑。

“笑什么笑？别以为你有个小金库我不知道，这些年攒了不少钱吧？女儿反正出嫁了，小金库得没收了。”

我爸脸色大变，讪讪说道：“不是……你……”

“别以为你们父女俩私底下那些勾当我不知道，老娘也只是睁只眼闭只眼罢了。”

我和我爸终于明白，原来我俩从来就没跳出过她的如来佛手掌。

今天来的宾客还挺多，都是我爸妈那边找来的亲戚和朋友。我看见了钱多多，她推着婴儿车，生了个男宝宝当了辣妈。旁边站着的是她老公王金，浑身上下背着奶瓶和纸尿裤。她穿得很干练，从人群中笑着朝我走来。

“真没想到，你终于也走进围城了。围城里汉奸多，花姑娘也多。”

钱多多终于又恢复了以前的样子，嘴皮子跟机关枪似的，杀人不见血。她还笑眯眯地跟我说要不是王金现在是奶爸，一定给我们当伴郎。

我四处搜寻罗兰的身影，想着我结婚她不可以不参加。钱多多告诉我：“罗兰离婚了，说是怕给你添晦气，可能不会来了。”

在婚礼进行时，我看见罗兰从后门走了进来，她牵着李东海的手，甜甜蜜蜜地入席就座，还不停朝我招手飞吻，笑得很灿烂。

每次看到陈真这个娘娘腔开着大红色的两座车来接我的时候，总有种迎亲的感觉。我爸难得穿着西装打着领带，我笑他一副衣冠楚楚道貌岸然的样子。他笑着说他也是见过大世面的人，以前都挺讲究，但自从认识我妈之后他学会了将就。当我爸把我的手交给陈真的时候，他是笑着的。当我和陈真两人交换戒指的时候，他却哭了。

精彩推荐

在我印象中，贺木兰子一直是个谦谦有礼、温婉娴静的女子。抱着一杯茶，可以优雅地坐在窗边一整天，只留下蔓延在嘴角的一抹微笑。当我读到《你看起来像我最后一任》时，却完全没想到她的笔下能诞生出如此极具讽刺感的寓言体小说，这个关于爱情的理想能否“陈真”，三个邻家女生简单的爱情渴望，终究被折磨成欲望都市里饮食男女的故事。拥有不同际遇的我们几乎都能从中找到自己的代入感，是身边的你我她真实的生活写照，无奈的情感折射。

我们对爱情的渴望最初都是阳光而美好的，但当阳光真正照进现实，却往往不是想象中的样子，只看到弥漫在空气中的灰尘，耀眼而刺目，甚至呛得眼泪流。当爱来临的时候，我们彷徨怀疑，不敢相信甚至拒绝相信。经过不断的尝试甚至“套路”之后，对方终于变成了我们所认为的糟糕样子。一次又一次的两败俱伤、痛彻心扉之后，我们才懂得珍惜。

如果说石康的小说是那时青年男女感情迷失的写照，晃晃悠悠、支离破碎是那个时代的标签，贺木兰子的故事则是当下饮食男女害怕感情的映射，标准与套路、劈腿与背叛统一成这个时代的符号。在我看来，贺木兰子的行文着墨和石康有异曲同工之处，起始于美好，终结于无奈，都是在感情中一边受伤，一边学会坚强，一边领悟爱情，一边忘了幸福该有的模样。

——浙江卫视“爱情连连看”编导　刘海峰

大部分时候，我们不会准确地表达，常常忘记一个事实：再普通的人设，也因细节真实、情感真挚动人，而充满韵味。在我看来，贺木兰子的写作不是模仿与套路的写作，而是充满灵气、真挚和娴熟技巧的创作。感谢她，让我体验了一次因真情实感而营造的心灵冒险……每个人物的载沉载浮就在身边、触手可及，如同尘埃中开出的花，执着、自由。

——编剧　尹正义

犀利的笔锋，却不失风趣幽默，读完让人笑中带泪……这看上去是三个女生的轻喜剧，实则是让生活当中那些最具现实意义的东西跃然纸上，以一种轻松灰谐的方式表达出来。《你看起来像我最后一任》全书辛辣干练唇枪舌剑，与其说是尖酸不如说是一种自嘲。书中处处妙趣横生，每个人都对别人的生活发表真知灼见，但谁又能真正过好自己的一生？

这其实也揭示着我们的真面目：究竟是想活成别人眼中的自己，还是真正为自己痛快而活？或许只有合上书本的那一刻，才会细细思考到底想活成什么样。

——格格家创始人　沈丹萍

贺木兰子很有讲好故事的能力，尤其是都市爱情故事。全书行云流水一气呵成，令人拍案叫绝。这部作品是这个时代的产物，刻画的是都市男女婚恋现状的缩影，它客观诠释了友情、爱情、背叛、理解等主题，对剩男剩女现象、择偶观、爱情观具有诸多现实意义。是我眼中的一本好书，一部好看的小说。看完后耐人寻味。至今。

——影评人、作家　刘吉贤龙

从《我们终将学会一个人》开始认识贺木兰子，总是通过各种方式催促她再出新作。现在，终于看到了！我很好奇她是如何一下子从18个男人跳到3个女人？一口气读完，豁然开朗，这是一本让当下的男人理解当下的女人，让当下的女人更理解当下的女人的轻小说！

——《28岁未成年》编剧　张弘毅

收获了爱情的姑娘们，经历了九九八十一难。爱情没有先来后到也不问因果缘由，有些拼尽全力相约一路同行的人不知不觉中成为了陌路。有些被上天精心安排的擦肩而过，戛然而止或偃旗息鼓的感情，构造出完整的成长轨迹，纵然只是点缀，却绝不可缺。可爱情又讲究丛林法则胜者为王，我们之所以在爱情里栉风沐雨，就是因为那冲破终点线登上奖台领取证书的那一刻，是每个姑娘愿意用毕生幸运去换取的幸福。

《你看起来像我最后一任》里的三个姑娘也是如此，纵然三个人有着完全迥异的成长历程和独特个性，内心里却都藏着对爱情的迫不及待。从天使面孔而内心传统、始终缺乏安全感的李晓，到把爱情奉为最高理想、以战胜闺蜜为一切目的的罗兰，再到内心种着一棵向日葵的善良姑娘钱多多，都为了各自的爱情而奋不顾身着。那些生活里岁月静好的公主，都愿意为了爱情勇往直前，她们静待着蜕变王妃，因而不由自主地产生小心思。而因为迥异的生长环境，又让每个人在爱情里做出自己的选择。贺木兰子的文字奇妙之处在于：几乎每一个女孩子，都能从故事里读到自己。

——知乎大V、作家　王远成